バルザック
と
19世紀パリの食卓

アンカ・ミュルシュタイン 著　塩谷祐人 訳

白水社

バルザックと19世紀パリの食卓

バルザックと19世紀パリの食卓　目次

はじめに

バルザックのテクストに暗号解読用の網をのせてみると、バルザックが風俗研究のためにとった指針が見えてくる。手袋はその中でもっとも繊細なものであるし、金はもっともゆるぎなく、かつ頻繁に登場するものであるが、もっとも意外なものとして食卓を挙げることができる。

どこで食べるか、何を食べるか、何時に食べるか言ってみたまえ、きみが誰か当ててみせよう。この考え方はまったく独創的で、バルザック以前の作家には例がない。ラクロはメルトゥイユ夫人の夜食のメニューを描こうとは決して考えなかった。クレーヴの奥方がパンを半熟卵に浸すところを読者は想像するだろうか。

ところがバルザックは、家の雰囲気や登場人物の性格を連想させるには、食卓を描くことに勝るものはないと考えていた。『従妹ベット』の読者は、マルネフ夫人のインゲン豆のスープのひどい匂いだけで、この家の女主人や使用人が怠慢であることが充分にわかる。逆に『田舎医者』のジャコットが主人に出した、澄んで滋味

メルトゥイユ夫人　ラクロの『危険な関係』の主人公。
『クレーヴの奥方』　ラ・ファイエット夫人の代表作。
マルネフ夫人　下級役人の妻だが、夫の上司であるユロ男爵の愛人になり、彼を手玉にとる。
『田舎医者』　寒村の発展に身を捧げるベナシス医師を主人公にした小説。
ジャコット　『田舎医者』に出てくるベナシス医師の使用人。

豊かなブイヨンスープの美味しそうな匂いは、家事が完璧に行き届いていることを物語っている。肉を取り除いた澄んだコンソメスープは倹約の証《あかし》だが、グランデ氏レベルの守銭奴になると、ブイヨンスープをつくるのにカラスを殺して使う。

バルザックは家の中に籠ってばかりいたわけではない。彼の時代はレストランがあらわれはじめた時代でもある。小説の新しい素材となるこの尽きせぬ泉に、バルザックは嬉々として浸かっていった。バルザック作品の登場人物は、その声やふるまい、着ているものと同様に、選ぶコーヒーや安食堂に通うのかレストランに通うのかによってもイメージが決まる。

興味深いことに、美食という部分を取り入れることが作家にとってメリットになると理解したのは、バルザックが最初だった。これがバルザックと、彼の同時代の作家との違いだ。ヴィクトル・ユゴーが食べ物を、というより食べ物が足りないことを書くのは、貧しさが存在することの恐怖を感じさせるためであった。ジョルジュ・サンドは田舎の食事を描くのに、写実的であるよりも牧歌的に描くことをより好んだ。フロベール、次いでモーパッサン、そしてとりわけゾラといったバルザックに続く世代は、サロンに通うように厨房をぶらついた。同時代の重要な社会的テーマをすべて扱うことを自らの使命としたゾラが、〈ルーゴン・マッカール叢書〉のまるまる一巻を「パリの胃袋」であるレ・アールに充てているのは偶然ではない。それもそのはず、十九世紀のパリは、ヨーロッパの美食の中心と見なされて

グランデ氏　『ウジェニー・グランデ』の登場人物。そのケチさ加減は有名。巧みな商才と節約で財を築く。

〈ルーゴン・マッカール叢書〉　二十巻からなるゾラの連作小説の総称。なかでも『居酒屋』『ナナ』などが有名。

レ・アール　パリの中央市場。

いたのである。それゆえ、大人も子どもも、つねに食事のことを考えていた。バルザックは、この現象に考えを巡らした第一人者なのである。つねに金に関心を持っていたブルジョワ大作家バルザックにとって、食卓がなによりのテーマだったのは、そこに計算ずくの吝嗇ぶりや過剰な気前のよさがあらわれるからだ。

バルザックの美食への関心は、とりわけ社会とつながりがあるものであった。それはバルザックの小説の登場人物が食堂で長い時間過ごしていたり、料理人たちの習慣がメニューによって描きだされていたり、バルザックが行きつけにしていた最高の店の場所を記しているという事実からもうかがえる。

けれども皿にのっているものには、彼はさほど興味を示さない。バルザックが話題にするのは、料理の味ではない。もし舌の上でとろける牡蠣の味を想像して楽しみたいのなら、モーパッサンを読んだほうがいい。クリームが入った椀のことを夢見るのであれば、フロベールのところへ行ったほうがいい。牛肉のジュレに心奪われるのであれば、プルーストに向かったほうがいい。反対に、牡蠣の味よりもそれを注文する若者のふるまい、クリームの甘みよりもその値段、ジュレがとろけていく様子よりも、そのジュレが明かす家の様子、シェフよりも客に興味があるなら、バルザックを読むべきだ。

そうはいっても、食べ物のことを想像させることがバルザックの作品のスタイルをつくっているというのは、料理が単なる食べ物以上のものであることの証《あかし》だ。そ

ジュレ　ゼラチン質を多く含む材料を煮詰めて出た液体を、冷やしてゼリー状にしたもの。またジュレを用いてつくった料理のことも指す。

そる若い農婦はハムだし、青白くて皺のある老女はリー・ド・ヴォーに似ているし、あらゆることに耐え忍ぶ年老いた高利貸しのゴプセックは岩に張りついた牡蠣を思わせる。『モデスト・ミニョン』には、娘の無邪気さは雷鳴ひとつ、毒気、暑気、ちょっとしたこと、息のひと吹きによってさえ饐《す》えてしまうミルクであると書かれている。首筋の白さと輝きを思わせるのに卵と同じくらい滑らかなものと表現し、まぬけ面を描くのにカボチャを挙げ、会話はポタージュのようにじっくり煮込まれ、美男気取りは魚屋の売り台のチョウザメのごとく自分を誇示して注意を引こうとする。食べ物による比喩は決して無味乾燥ではなく、料理の味や見た目と同じくらい繊細で複雑なものだ。夫の吝嗇ぶりに苦しめられた薄幸のグランデ夫人は、もはや味気も汁気もない鬆《す》が入った果実のようである。『ピエレット』に出てくるケチで欲深くて卑しいログロン嬢は、オマール海老のような脚で、ものをさっとつかみ取る。『モデスト・ミニョン』の登場人物、しゃちこばったデルーヴィル公爵に関しては、バルザックははっきりこう書いている。「良いワインだけど、栓抜きが折れてしまうほど栓がきつい」。

反対に、『谷間の百合』の主人公モルソフ夫人のみずみずしい肩や、マルネフ夫人のしっかりした胸を想像させることができるのは、汁気が多くて、できばえのよい果実の他にない。果物と情欲が結びつくのは、バルザックの作品に終始一貫してみられる。

リー・ド・ヴォー　仔牛の首のつけ根部分（胸腺）の肉。

『モデスト・ミニョン』　ミニョン家の娘モデストを主人公にした小説。箱入りに育てられたモデストだが、彼女が恋をしているのではないかと周囲の者たちは疑っている。

グランデ夫人　グランデ氏（八頁）の妻。もとは裕福な商人の娘。

『ピエレット』　従姉のログロンに引き取られた少女ピエレットを主人公にした小説。ログロン嬢は善行を施しているように見せかけるためにピエレットの養育を引き受けた。

デルーヴィル公爵　モデスト・ミニョンの求婚者のひとり。マルネフ夫人（七頁）の愛人となる前のユロ男爵から、その愛人ジョゼファを奪った人物。

モルソフ夫人　『谷間の百合』の主人公である青年フェリックスが恋い焦がれる伯爵夫人。

突飛ともいえるこうした組み合わせから生み出される驚きによって、作品はすばらしく効果的なものになる。モーパッサンは、このテクニックをすすんで使っている。とくに『脂肪の塊』は優しくて艶っぽい女の物語であるが、この女は「よく太っていて、ふっくらした指が節のところでくびれているのは、まるで短いソーセージを数珠つなぎにしたようだった」。

さらにゾラは『パリの胃袋』で、このテクニックを極限まで押し進めている。ゾラが『パリの胃袋』で描く美しき魚屋のルイーズ・メユーダンは、「サケの匂い、エペルランが放つスミレに麝香《じゃこう》を足したような香り、ニシンとエイの生臭い匂い」を嗅いでいる。

バルザックは、人物にとどまらず、風景からも同じようなインスピレーションを得ている。バルザックが言うには、人々が顎まではまりこむトゥーレーヌ地方はフォアグラのパテのようである。

逆説的だが、「食事」の重要性をたいへん意識していたバルザックは、偉大なる食通ではなかった。エキセントリックな「食べる人」であったのだ。バルザックはほとんど食事をとらずに長時間執筆に没頭した。そして編集者に原稿を送ると、お祝いに、計り知れぬほどのワインや牡蠣、肉料理やヴォライユの料理に身を委ねたのだ。

この矛盾の折り合いをどうやってつければいいのだろう。それはただ、バルザッ

『脂肪の塊』　モーパッサンの短編小説。主人公は「脂肪の塊」と渾名される太った娼婦。彼女は馬車の中でお腹をすかせた者たちに食べ物を分け与えたり、同乗の者たちを助けるために自ら犠牲になったりする。

エペルラン　キュウリウオのこと。小さな淡水魚で、キュウリに似た匂いがする。

パテ　生地で材料を包んで、オーブンで焼いてつくる料理。またペースト状にした材料を容器に入れてつくるテリーヌなども指す。フォワグラのパテは、生地を型に入れ、そこに豚肉やフォワグラを混ぜて裏ごししたものを入れて焼いた料理。

ヴォライユ　食用のために飼育している鶏や鴨、七面鳥、ガチョウ、鳩、ウサギなどの家禽。同じ肉でも、狩猟で手にいれる鳥や獣はジビエという。

クと登場人物が同時に食事をすることがないということを認めるだけでいい。つまりバルザックが食べているか、もしくは登場人物が食べているかなのだ。まずは〈人間喜劇〉にみられる食べ物と食事の場面の演出がいかに重要なのかを理解するために、バルザックの食卓の話から始めることにしよう。

〈人間喜劇〉 自著のほぼすべての小説を総括してバルザック自身がつけた題名。「風俗研究」「哲学研究」「分析研究」の系列に分類される。それぞれの作品は独自の物語をもっているが、同時にひとつひとつの作品が孤立しているのではなく、同一の登場人物がいくつもの小説に出てきたり、ある小説の登場人物や事件が別の小説の登場人物とつながっていたり、話題にあがっていたりする。

第一章　バルザックの食卓

バルザックの作品には、作者本来の姿が色濃くあらわれているため、彼にとって美食がいかに重要なのかという問いは立てにくい。しかし、作品にバルザック自身の姿が投影されているにしても、この問いは単純なものではない。というのも、バルザックは食事をとる人たちの中でも、もっとも風変わりな人物だったからだ。

たっぷりしたお腹のバルザックの肖像画をみるにつけ、食事の描写を読むにつけ、彼の中の飽くことない食い道楽ぶりや際限ない食欲、絶えざる渇望を思わずにはいられまい。レオン・ゴズランは、食卓についたバルザックを思い出して、うれしそうにこう語っている。「梨やきれいな桃でできたピラミッドを見ると、バルザックの唇はぴくぴくして、目は幸福で輝いて、手は喜びでふるえていたよ。他の人の失敗談を語ろうにも、なにひとつありやしない。バルザックが全部食べてしまったんだ。ネクタイをはずして、シャツをはだけて、ナイフを手に持って、彼はいたって陽気で楽天的だった。笑い声が爆弾のようでね。〔中略〕すると彼の胸は

レオン・ゴズラン　バルザックの友人で文筆家（一八〇三〜一八六六）。『スリッパを履いたバルザック』を著した。

膨らんで、楽しげな顎の下で肩が踊るんだよ。テレームの僧院にいるラブレーを見ているようだったな。彼は幸せでとろけていたのさ」（レオン・ゴズラン『スリッパを履いたバルザック』より）。

結論を急いではいけない。バルザックはありふれた「食べる人」だったわけではない。過食と粗食をつねに移ろっていたのである。子どもの頃、そして若い頃の大半は、ずっと粗食を実践していた。大人になってからも、彼は芸術家には節食が必要であると信じていた。しかし仕事が終わると、胃袋がその権利を主張し始めるのだ。

人はまさに想像によってこそ、人生で得られなかったものを手に入れようとする。バルザックの実家は少食だった。バルザック少年は美味しそうな匂いが満ちた台所を物色したり、気をそそられる鍋のふたを開けてみたり、お菓子の焼き具合を確かめたりする機会はまったくなかった。バルザックの父親は、百歳まで生きることを願って、五時に果物をひとつとるだけで、できるだけ早く寝床に入ってしまった。母親は恋愛ごとと社交界の生活で忙しく、「愛撫も、キスも、生きることの単純な楽しみも与えることなく（アンドレ・モロワ『プロメテウスあるいはバルザックの生涯』より）」、息子の幸せを気にすることもほとんどなかった。バルザックは甘やかされた子どもではなかったというわけだ。バルザックの母はあまり彼を愛していなかった。少なくともバルザックはそう信じていたし、母親の冷たさはバルザック

テレームの僧院　ラブレー（一四九四頃〜一五五三頃）の『ガルガンチュア』より。「欲するところを行なえ」を唯一の規則とする、洗練された心身の快楽を味わうことのできる理想郷のこと。

の若い頃の思い出に刻まれている。まだ教育がずさんになされていた一時期のことだったにせよ、バルザックがとりわけなおざりにされた子ども時代を送ったであろうことは事実である。

バルザックは生まれてすぐに乳母のところに預けられた。一七九九年五月二十日のことである。家族のもとに戻ってきた時には四歳になっていた。八歳になると、今度はヴァンドームの寄宿舎に送られる。バルザックは校長が決めた規則に従い、家に帰ることなく六年間を過ごした。寄宿舎は革命前に施設を管理運営していたオラトリオ修道会の規則を受け継ぎ、勉強期間中はずっと、生徒が家族のもとに帰ることは許されなかった。もちろん子どもに会いに来ることは認められていたが、バルザックの両親はわずか六十キロしか離れていないトゥールにいながら、息子に会いに来たのは二回だけであった。長い寄宿舎生活の間、幼い生徒にとっては、食事は喜びではなく屈辱であった。学食で一日に生野菜がわずかと肉が五十グラムもしくは塩味をつけた魚の切り身が少しだけというひどい食事をとる。親はそのことを知っていた。というのも、あらゆる学校でそうであったように、親は我が子に対して余分に食べ物を用意してあげるものだったからだ。普通の母親はジャムやチョコレート、ビスケットの小包を子どもに送ったり、食堂で欲しいものや必要なものが買えるようにお金を渡していた。バルザックはそうしたプレゼントを受け取ったことはなかったし、お小遣いももらっていなかったので、他の子が頬張っているお菓子を手に入れることもできなかった。子どもたち同士のお菓子の交換会に参加することもできず、孤独を感じていた。『谷間の百合』では、自分自身の寄宿舎生活のことを思い出しながら、幼いフェリックス・ド・ヴァンドネスの学校での不幸をこう描いている。

僕たちはちょうど夕食の時分に帰宅するのですが、家での朝食と夕食との間、日の中ほどに学校でとる食事で、多くの子どもたちが持ってきているのは有名なトゥールのリエットとリヨンでした。この料理は食通たちが非常にもてはやしていますが、トゥールでは貴族の食卓に出されることはめったにありません。僕も学校に入れられる前から話に聞いていましたが、自分のためにその褐色のリエットをタルティーヌの上に塗ってもらうという幸せは、まだ一度も味わったことがありませんでした。しかし、学校でもてはやされていなかったとしても、リエットやリヨンのことがいつも頭にあったので僕の欲望の激しさはいっこうに変わらなかったでしょう。〔中略〕友人たちはほとんどみんなプチブルの階級に属していましたが、おいしそうなリエットを僕に見せにやってきては、これはどうやってつくるか、どこで売っているか知っているか、どうして君はそれを持ってこないのか、などと聞くのです。そしてしきりに舌なめずりをしながら、豚の屑肉を豚の脂でソテーした、ちょうどトリュフを煮たよ

フェリックス・ド・ヴァンドネス　『谷間の百合』の主人公。幼少の頃より兄のシャルルに較べて不幸であると思いながら過ごしてきた。『谷間の百合』は、このフェリックスと、彼が想いを寄せ続けるモルソフ夫人（十頁）の物語。

リエット　豚や鶏などの肉を煮てほぐしたのち、脂で固めてペーストにしたもの。フランス中部のトゥールでは豚の肩肉を使うことが多い。

リヨン　豚のばら肉や肩肉をラードで煮詰めたもの。

タルティーヌ　ジャムやバター、パテなどを塗った薄切りのパン。

うなリヨンを見せびらかします。彼らは僕の籠を調べて、オリヴェーチーズかドライフルーツしか入っていないのを知ると、じゃあ、君、食べるものがないのかい、というようなことをうるさく言い立てるのです。

オリヴェーチーズ　牛乳からつくる白カビタイプのチーズ。

寄宿舎で過ごした数年間、バルザック少年は食事の代わりに読書に情熱を傾けるようになった。自伝的な逸話が頻繁にでてくる作品『ルイ・ランベール』の孤独な少年と同様、読書は「何をもってしても満たすことができない飢えのようなものだった。彼はあらゆるジャンルの本を貪《むさぼ》り、宗教関係の本、歴史書、哲学書、自然科学の本と、分け隔てなく味わっていた〔中略〕。辞書のページを繰りながら、彼はこの上ない喜びを感じていた」。

このようなバランスを欠いた生活は、大人になったら作家になるということを予言するものではあったかもしれないが、少年であったバルザックは病気に陥り、ひどい状態のまま十五歳で家族のもとに戻ることになった。バルザックの妹は次のように語る。「兄は昏睡状態のようになっていました。貧弱に痩せ細っており、目を開けたまま眠っている夢遊病者のようです。〔中略〕母がヴァンドームから連れ帰ってきた兄を見た時の驚きは、家族の誰もが忘れることがありません。祖母がつらそうに言いました。寄宿舎っていうのは、きれいな子をあずけてもこんなふうに送り返してくるんだよ、と」（ロール・シュルヴィル『わが兄バルザック』より）。

『ルイ・ランベール』　主人公のルイ・ランベールは貧しい家に生まれながらも天才で、ありとあらゆる書物を読みあさり知識を蓄える。教会に預けられ、のちにスタール夫人の助力により寄宿学校で学ぶことになる。

家族内の緊張感が高まったが、妹たちの愛情と新鮮な空気、そしていくらかの自由を得たことで彼は回復した。魅力的な――この魅力は将来バルザック自身も気にするたぐいの魅力だが――隣人のジャン・ド・マルゴンヌが、弟アンリの父親なのではないかとバルザックが思ったのも、この時期のことである。バルザックはジャンと親愛に満ちた思いがけない友情で結ばれ、ジャンの邸宅であるサッシェの館で多くの日々を過ごした。『谷間の百合』で思いを込めて描かれているその館は、今日、バルザック記念館になっている。

一八一四年、軍の糧秣部の行政官であったバルザックの父がパリに転属となり、家族揃ってトゥールを離れ、母が昔住んでいたマレ地区に移り住んだ。バルザックの母方の祖父母はサン゠ドニ通りで縁飾り商を営んでおり、小売商の界隈であるマレ地区は、お互いが顔見知りの大きな村といった体《てい》であった。

バルザックはトリニー通りの学校の寄宿生となった。この建物はのちにピカソ美術館となる。当時の慣習に従って、食堂を管理していたのは門衛だが、バルザックは彼から甘いものを手に入れられず、再び苦しむことになる。そして二年後、彼は法学部に入学して学食の日々を知ることになり、十七歳で代訴人事務所の見習いとなった。

その事務所でバルザックは家庭内の悲喜こもごもに出会い、これらが彼の多くの小説のネタとなる。事務所の同僚たちとの陽気で、騒がしく、冗談でいっぱいの生活を過ごす。あけすけで、おかしなことにはつい乗ってしまうバルザックは、仕事仲間を多いに楽しませ、その結果、ある日、主席書記から次のような通達を受けることになる。「本日はたくさんの案件があるため、バルザック氏には出社しないでいただきたい」。

今も昔も、若者というのはいつもお腹をすかせていた。代訴人事務所の見習いたちも食べることに時間を費やした。彼らが働いていたほこりっぽい大部屋の、使われることのない暖炉の大理石の棚の上には「さまざまなパンの塊や三角形にカットしたブリーチーズ、新鮮な豚肉のコートレット、グラス、瓶、主席書記のココアのカップが見えた。そうした食べ物の匂いが、温めすぎたストーブの鼻をつく匂いや事務所や書類に特有の匂いと混ざって、ここならキツネの悪臭だっておそらく気づくまいと思われるほどだ」（『シャベール大佐』より）。

不衛生や食べ物の悪臭への嫌悪は、バルザックの中に非常に根深く残ることになる。『ゴリオ爺さん』に出てくる「外から飯だけ食べにくるいたずら者の学生だったら、指をペンのようにして自分の名前を書くかもしれぬ、（ヴォケールの下宿屋の）べたべたする蠟引きしたクロスがかけられた長テーブル」や、ネギのスープの周りに集まった下宿生たちの耐え難い騒ぎっぷり、極貧の頃のマルネフ夫人の家の吐き気を催す食堂を描写するにあたって、バルザックはそうした嫌悪感を思い出したことだろう。彼が思い描いたものを読めば、宴が美食を思わせる以上に豪華さを

ブリーチーズ　イル・ド・フランスやシャンパーニュ地方で生産される、牛乳からつくられた白カビタイプのチーズの総称。

コートレット　仔牛、仔羊、羊、豚の半身背肉を肋骨ごとに切り分けたもの。

『シャベール大佐』　引用はシャベール大佐が代訴人ゴドシャルの事務所を訪れた場面。

ヴォケールの下宿屋　未亡人ヴォケールが経営するうらぶれた下宿屋で、ゴリオ老人をはじめ、ラスティニャックやヴォートランといった〈人間喜劇〉の主要人物たちが住んでいる。また住民ではないが、医学生のビアンションも、この下宿屋に夕食を食べに来ている。

見せつけることであったり、口にする喜びにも増して眼福にあずかることであったりすることを、見過ごすことはあるまい。

バルザックは食べるために食べるということに、つねに嫌悪を感じていた。ぞんざいに供された料理のテーブルにつくより、立ったままリンゴをかじるほうがよかった。汚れたナプキンやきちんとすすがれていないコップがあるだけで、食欲をなくした。旅に出る際には、中継点で用意される駅馬車の食卓に座って、『人生の門出』に出てくる若きオスカール・ユッソンが「旅籠のラタトゥイユ」と呼ぶものを口にするのではなく、カバンに牛タンの薫製と十個ほどのプチパンを忍び込ませて道中で食べていた。

バルザックが代訴人の勉強に専念した時期は短かった。父が退職したのち、両親はパリを離れてヴィルパリジ近くの村に住むことになった。自分の実力を証明するために、バルザックは両親を説得して二年間の猶予をもらう。いくばくかの生活資金をもらい、バスチーユ近くに位置するレディギエール通りの家の四階にあった屋根裏部屋に住み、食うにこと欠く生活をした。年に千五百フランという仕送り金額は、労働者の平均給料の三倍に相当するので、この期間の暮らしがみじめなものだったというわけではない。仕事と、孤独と、非常に節制した食生活の期間であったのだ。彼は市場に出かけ、自分で食事の準備をし、数スーでこしらえたミルクとパンとサクランボ、あるいはパンとチーズ——十九世紀初頭、チーズはそれほど重

『人生の門出』　鉄道の発展と乗り合い馬車による運送事業者の転換期を背景にした小説。
オスカール・ユッソン　『人生の門出』に出てくる、自惚れが強い青年。彼は初めて馬車で一人旅をしている。
ラタトゥイユ　タマネギ、ピーマン、ナス、ズッキーニ、トマトなどを煮込んだ南仏発祥の料理。南仏以外では「ひどいごった煮」の意味をもつこともある。
ヴィルパリジ　パリ北東に位置する町。

要視されておらず、当時は貧しいものの食事であった——だけの夕食をとっていることを妹に語っていた。メロンを二つ買うという正気の沙汰とは思えない行動にでてしまった時には、翌日はひとつかみのクルミで我慢するしかなかった。この時すでに果物が彼の食事の大事な部分を占めていたように思われるが、より重要なことは、この耐乏生活の経験をバルザックが繰り返し使い、たとえば高名な医者となるデプランや画家ジョゼフ・ブリドー、あるいは称えるべき政治家Z・マルカスのような、栄えある未来に導かれていく若者の駆け出しの頃を描いていることである。「仕事と過食は両立しない」という確信が、きわめて早い時期からバルザックには根づいていたのだ。

　自伝的な要素をちりばめた短編『ファチノ・カーネ』では、「わたしはその頃、レディギエールという小さな通りに住んでいました。この通りはサン＝タントワーヌ通りから始まって、バスチーユ広場に近い井戸の向かいからラ・スリゼ通りに抜けているのです。〔中略〕わたしはつましく暮らし、勉学に励むものにとって必要な修道院のような生活をすべて受け入れていたのです」と書いている。

　その二年間の耐乏生活が天才的な作品を生んだというのではないが、バルザックはこの逆境を利益あるものとはしないまでも、少なくとも芸術家に必要なものであるとしてつねに示すことになる。彼はこの考えを『従妹ベット』の彫刻家ヴァッワフ・シュタインボックの例を使って説明する。従妹ベットが「走っていく道の左右

デプラン　若い頃に苦しい生活を送るが、優れた医者になり、国王の外科医を務めるにまで至る。

ジョゼフ・ブリドー　屋根裏部屋をアトリエにして絵の勉強をし、フランスを代表する画家のひとりにまで成長する。

Z・マルカス　『Z・マルカス』の主人公。つつましく貧しい生活を送っている。法学者になり、政治新聞の世界で才能を発揮する。

『ファチノ・カーネ』　クラリネット吹きの老楽士ファチノ・カーネの話を、「わたし」が語る小説。

ヴァッワフ・シュタインボック　ポーランド出身の彫刻家。パリに住んでいる。ベットの世話になっていたが、彼女を裏切る形で別の女性と結婚することになり、ベットの復讐にあう。

が見えないように目かくしをさせられる馬みたいに」シュタインボックを仕事に縛りつけたおかげで、この彫刻家は彼女の過酷な鞭の下にいる間はすばらしい作品をつくる。しかし気ままな生活に身を委ねたり、贅沢や若い妻との惜しみない楽しみにやすやすとのってしまうと、彫刻家としての人生が崩れてしまう。物欲的な喜びや「女の愛撫は芸術の女神を退散させ、働く男の獰猛で激しい意志をたわめてしまうのだ」。

一八二〇年、バルザックは屋根裏部屋を捨て、まずはペンネームで大衆小説を書き、次いでさまざまな計画を試み、そして最終的には小説や物語、記事を出版することで日々の糧を得て実社会に出た。

彼にとっては不幸なことに、使う金額以上に稼げたことは一度もなかった。フランス文学界が誇るこの大作家は、最期まで、借金のために牢屋に入れられるのではないかと心配しながら生活を送っていた。だが、金回りが良い時も悪い時も、彼の食生活はあまり変わらなかった。「消化にともなう疲労が脳に影響しないように（「ハンスカ夫人への手紙」より）」猛烈に仕事をしている間は食を断ち、創作が終わると行き過ぎるくらい食べた。その行き過ぎっぷりは、あたかも船員たちが長い航海のあとで港について食い歩くがごとく衝撃的で激しいものだった。

バルザックは書くのが早かった。債権者たちにせっつかれ、豊かな想像力に駆り立てられ、仕事に取りかかるやいなや扉を閉ざす。日に十八時間も働き、二ヶ月後

「ハンスカ夫人への手紙」 ハンスカ夫人は、バルザックが愛したポーランドの貴族の女性。二人は出会ってから定期的に手紙を交わしており、その膨大な数の書簡はまとめられ、出版されている。

には印刷所に『ゴリオ爺さん』や『幻滅』の原稿が届いているという具合であった。創作に打ち込んでいる間は水しか飲まず、果物で栄養をとり、ときおり朝の九時ごろ鶏卵をひとつ食べたり、お腹がすいていればニシンとバターを食べたり、夜には手羽をひとつあるいは腿肉をひと切れ食べ、最高のコーヒーを砂糖抜きで一、二杯飲んで食事を終えていた。

では、われらがバルザックは禁欲主義者であったのか。ある意味、そうである。が、つねにそうだったわけではない。校了稿にサインをすると、レストランに駆けつけ、オードブルの牡蠣を百個ほどがっついてから、白ワイン四本が抜かれ、そのあとでプレサレのコートレットを味つけなしで一ダース、子鴨とカブのつけ合わせ、ヤマウズラのひなのローストを一組、ノルマンディーのヒラメといった食事を注文していた。加えて一ダース以上のアントルメや果物、ドワイヤネ梨といったものがつく。お腹がいっぱいになると、しばしば勘定を編集部宛に送っていた。

ひとりで自宅にいる時でも、とくに心配ごとや苦しいことがある時にひどい空腹を感じると、十五分で「ガチョウに、チコリを少し、梨を三つとブドウを五百グラム」たいらげていた。

もちろん、病気にもなった。では、大食いだったのか。それもまた違う。大食いの人は「流儀も、知性も、エスプリもなく食べる。〔中略〕一片をまるまま飲み込むから、味覚を刺激することなく口の中を通り過ぎ、わずかばかりの思考を目覚め

『幻滅』　ジャーナリズムの世界を舞台にした長編小説。

プレサレ　塩分を含む海岸地帯の草を食べて育った羊。

コートレット　十九頁参照。

アントルメ　かつては肉料理とデザートの間に出されていた軽い食事のことを指していたが、今では食後の甘味のデザートのことをいう。

ドワイヤネ梨　果肉がやわらかく甘いことで有名な梨。

させることもない。食べ物は、恐ろしいほどよく入る胃の中にまっすぐ落ちてなくなるのだ……。何も口から出ることはなく、そこにすべてのものが入っていくだけである」と、バルザック自身が『食の生理学』で書いている。

バルザックは決して単なる大食いではなかった。みなの意見によると、彼はもっとも愛すべき客人であったし、貪欲どころか、節度を保っていることが多かった。バルザックは手短かに食事をすませて満足する時期と、完璧な食事を念入りに探し求めて際限なく時間を費やす時期とを、苦もなく切り替えていた。彼の友人のレオン・ゴズランは、当時パリで流行していたパスタのマカロニを探しにいくバルザックにつき合ったことがあった。バルザックはロワイヤル通りに一軒の総菜屋を見つけていた。レストランでは多くの場合、マカロニに肉や魚あるいはキノコを詰めて、小さなカネロニのようにしていたが、その店ではマカロニをオーブンで焼いたパテのようにして調理していた。昼食には遅すぎるし夕食には早すぎる午後の三時、参加していた劇のリハーサルから出てくると、バルザックはカピュシーヌ大通りからロワイヤル通りに駆けていった。そこで、「笑いながら、そしてフェニモア・クーパーを賞賛しながら（バルザックはクーパーの『道を拓く者』を読み終えたばかりだった）、店の娘が驚いている横で、四つのパテをガルガンチュア並みの三口、四口で飲み込んだ」とゴズランは書いている。

友人たちは、バルザックは、もっとも良いコーヒーのブレンドを手に入れるた

『食の生理学』　〈人間喜劇〉に含まれる小説ではなく、バルザックが食に関する考察を記したもの。

カネロニ　イタリア発祥の料理で、筒形のパスタに詰め物をしたもの。

フェニモア・クーパー　バルザックと同世代のアメリカの作家（一七八九〜一八五一）。『**道を拓く者**』クーパーの小説で、文明を離れてインディアンと暮らすナティ・バンポーを主人公にした五部作のひとつ。他には『ラスト・オブ・モヒカン』など。

めならパリ中を駆け巡ることができる男だと記す。ゴズランによると「彼にとって精霊のごとき存在の、巧みかつ繊細な、神業たる焙煎を探していた。バルザックのコーヒーは三つの豆がブレンドされていた。ブルボン、マルチニーク、そしてモカだ。ブルボンはモンブラン通り（現在のショッセ＝ダンタン通り）、マルチニークは三区のヴィエイユ＝オードリエット通り、そしてモカはサン＝ジェルマン街区のユニヴェルシテ通りで買っていた。美味しいコーヒーを求めて、半日以上費やしていた」。

ブレンドにこだわりがあったため、あらゆる地方の例に漏れず、コーヒーがまずいトゥーレーヌで過ごす時には、コーヒーを持っていくなり送らせるなりしていた。パリ以外の地方では、コーヒーが煎じられていなかったり濾されていなかったりすることに腹立たしく思っていて、多くの小説の中で、コーヒーを沸騰させるという洗練さに欠ける習慣に苦言を呈していた。たとえば『農民』の中で、パリから二百キロ離れたところに位置するスーランジュという小さな町を描いているが、そこでは宿屋の主人の「ソカール爺さんは、赤銅の大鍋という名であらゆる家庭に知られている器で、ただ煮立てるだけだった。チコリを混ぜたコーヒーの粉末を底で澱ませて、できた煎じ汁をパリのカフェのウェイターばりの平然とした態度で客に出す。入れてある陶器のコップは床に投げても壊れないような代物だ」。

バルザックがかなり濃いコーヒーを大量に飲んでいたのは有名な話だ。眠気を追

『農民』　エーグの荘園の利権を巡る争いを描いた小説。
スーランジュ　エーグに隣接する町。エーグの荘園の利権争いは、近隣の町や村の利害にも影響を与えている。

い払うためだけでなく、自身を興奮状態に保ち創造力を増すためでもあった。バルザックが「近代興奮剤考」で言うには、コーヒーのおかげで「考えは戦場のナポレオン軍の大隊のごとく揺れ動く。〔中略〕記憶が一斉に駆けつけ〔中略〕、論理が散開隊列を組み、登場人物が立ち上がり、紙はインクで覆われていく」。

　夜中に仕事を始める時には、自分自身でコーヒーを淹《い》れていた。使っていたのはフィルターで分けられた二つの容器からできている、バルザックがシャプタル式と呼ぶコーヒーメーカーで、シャルル・グランデが従姉のウジェニーにこれを褒めそやしている。コーヒーはバルザックにとって、まさに「頭の冴えを取り戻すための、非常に困った手段」になっていたので、このドラッグなしには書くことができないと信じ、年を追うごとに濃くなっていった。ついには、痛みを覚えるほどのひどい痙攣をおこしても、目が震えをおこしても、胃が焼けつくように痛んでも、コーヒーを一度にがぶ飲みするようになっていた。コーヒーを紅茶に代えることもできるとバルザックは考えたかったようだが、美味しい紅茶を見つけることができなかった。ポーランドからキャラバン茶、すなわち中国のお茶を送ってきたハンスカ夫人には不満を漏らしている。キャラバン茶のお返しに、手に入れるのがきわめて難しいコティニャックを送ろうとしてパリ中の食料品店を駆け巡り、ようやく、パレ＝ロワイヤルに開店したばかりの食通たちの天国「コルセレ」で、最後の一箱のマルメロを見つけている。これで哀れんではいけない。というのも、こうしたた

「近代興奮剤考」　バルザックの著書『社会生活の病理学』の中に含まれている作品。蒸留酒やコーヒー、タバコなどについての考察を著したもの。

シャルル・グランデ　『ウジェニー・グランデ』に出てくる人物。金儲けに没頭するケチなグランデ氏（八頁）の甥にあたる。

ウジェニー　グランデ氏の娘で、『ウジェニー・グランデ』の主人公。従弟のシャルル・グランデに恋をする。

コティニャック　マルメロ（「かりん」とも呼ばれ、香りが良く苦みがある実）を固めてつくった甘いゼリー菓子。

コルセレ　地方の食材をそろえた高級食品店。

ぐいの買い物はバルザックが好むところのものだったからだ。

バルザックが心から愛したハンスカ夫人をここでご紹介しておこう。一八三二年、見ず知らずの女性からバルザックに手紙が届いた。きわめて洗練され、そのうえあまりに情熱的な手紙だったため、バルザックは手紙の主と知り合いになりたいと思った。彼はジュネーヴで相手を突き止める。ポーランドの伯爵夫人であった。バルザックは衝撃的に恋に落ち、翌年再会できるように手はずを整えた。彼女には夫がいたが、二人は「忘れえぬ」夜を過ごし、距離が離れていることや会える機会が少なかったにもかかわらず――お互いに会えることなく八年の時が過ぎた――二人の関係は続いた。二人が交わした手紙をまとめた二千頁にわたる書簡集からはバルザックの日常生活の詳細を知ることができ、この関係もそこに記されている。夫が亡くなり、娘が結婚すると、ハンスカ夫人はバルザックと結婚することに同意し、彼女が仕えていた主君から許しが得られるのを待った。熟年婚約者の二人はさらに数年待ち、最終的な許可が下りるのは一八五〇年になってからのことであった。三月に結婚するが、同じ年の八月にバルザックは没する。

さて、激しく仕事をしていた時期、初期の傑作の数々が出た時期、心身を苛《さいな》む借金があった時期、狂ったように散財し、コーヒーを過度に飲んでいた一八三〇年代のバルザックにさかのぼることにしよう。

バルザックは、もはや栄養をとるためだけの食事には満足していなかった。食事から喜びを得るために友人たちを招く手だてが充分にできると、彼は食事を演出することに魅了される。もちろん小説の中に限れば、行き過ぎても安くすむ。ご存知のように、『あら皮』の銀行家タイユフェールの宴会は『千夜一夜物語』を思わせるものになっているが、バルザックは私生活でも浪費を厭《いと》う人物ではなかった。女性を驚かせたい時には、とりわけそうであった。

ある晩のこと、バルザックは美女オランプ・ペリシエルを招待した。バルザックがちょっとの間、熱を上げていた高級娼婦である。かつてオーラス・ヴェルネのモデルであった彼女は、大成功を収めた作家ウジェーヌ・シューの愛人となった。ロッシーニとも関係をもち、一八四七年に結婚する。バルザックが彼女を招いたのはほんのささやかな夕食会だった。

ハンスカ夫人にバルザックが語るには、その夕食会に彼は五人の客を集め、「いわれもなく大盤ぶるまいをした。客はロッシーニと彼を尻に敷いている情婦のオランプ、〔中略〕そこにヨーロッパでもっとも美味なるワインに、世にも珍しい花を準備する」が、それだけではない。彼は紅マス、鶏肉、アイスクリームを供し、そのため金銀細工師のル・コワント（かの有名な金製の握りでターコイズを象眼した杖を制作した人物。その杖は風刺画家の想像力をかき立て、デルフィーヌ・ド・ジラ

『あら皮』　「あら皮」とは願いを叶えてくれる不思議な皮。あら皮を手にいれた青年が宴会を望むと、タイユフェールの宴会に誘われる。

タイユフェール　ブルジョワの息子で、金持ちの銀行家。

オーラス・ヴェルネ　フランスの画家（一七五八〜一八三六）。風俗画を得意とし、ルイ十八世の宮廷画家となった。

ウジェーヌ・シュー　バルザックと同時代に活躍した作家（一八〇四〜一八五七）。新聞連載小説で成功を収めた。

ロッシーニ　イタリアの作曲家（一七九二〜一八六八）。『セビリアの理髪師』などで有名。パリのイタリア劇場の監督を一時期務め、晩年はパリに住んだ。

デルフィーヌ・ド・ジラルダン　十九世紀の作家（一八〇四〜一八五五年）。夫は新聞経営者

ルダンの小説『バルザックのステッキ』にインスピレーションを与えた）のところで銀皿を五枚、フォークを三ダース、豪華な銀製の柄の取り分け用サーバーをひとつ用意した。こうした大盤ぶるまいの結果、バルザックは公営の質屋へ行かなくてはならなくなった。

そんな彼がつかのまの豪華さを好んだことを示すもっとも驚くべき例は、牢獄に届けさせた食事である。というのも、バルザックは借金のためではなく、国民衛兵として仕えるという義務を何度も繰り返し怠ったために、牢獄生活を余儀なくされたのだ。

パリに住む市民は、それぞれ年に何日か軍に上がらねばならなかった。違反すれば、一日拘置される。バルザックはこの拘束が耐えられないものと判断し、再三にわたって逃れた。旅行を口実にしたり、引っ越しを装ったりした。警戒が解けるのを待って、友人宅で数日過ごすこともあった。ときにタイミング悪く逃げることができない場合もあったが、逮捕しにきた役人に金貨を数枚、もしくはヴーヴレーの上等なワインを二、三本渡すことで窮地を乗り切った。それは法に屈することになるまで続いた。逮捕した人物を連れて帰らなければ立場を失ってしまうことに恐れをなした法務官たちが、ついに一八三六年四月二十七日にバルザックを連行し、彼はオテル・デ・ザリコ、すなわちフォッセ＝サン＝ベルナール通りにある国民軍営倉に放り込まれた。バルザックの従者だったオーギュストが主人の荷造りをし、カバ

で政治家。彼女のサロンにはゴーチエやユゴー、ミュッセといったロマン派の詩人が集っていた。

ヴーヴレー　ロワール流域の町。白ワインの産地として有名。

ンには仕事をする時にいつも着ていたドミニコ会の服やペンや紙が入れられた。バルザックを慰めようと、役人たちは「仕事をするには、営倉は落ち着くでしょう」と言ったが、はたしてバルザックは落ち着きを欲していただろうか。

ワイン蔵に面した四階の独房に入ると、バルザックはオーギュストを編集者のヴェルデのところに使いにやって、金を届けてくれるように頼んだ。ヴェルデはすぐさま二百フランをもって牢獄に赴いた。驚いたことに、バルザックはその額では少ないと言いつつ、ヴェルデを夕食に招待した。バルザックがヴェルデに説明するには、彼が営倉を出る時に「よい人生を送る術《すべ》のあらゆる伝統」を思い出として残したいから、「ヴェフール」の店に食事を注文したのだという。

バルザックとヴェルデは、言われた時間に軍の食堂に降りていき、長テーブルの端につき、彼らのために用意されたすばらしいテーブルセッティングを目にした。二人の友は美味なる食事を味わった。七時頃、扉が開いて、同じく兵役の義務に反抗した二人目の人物が入ってきた。バルザックの機嫌は一層よくなった。男は王党派の新聞『コティディアン』紙の編集長ジョゼフ゠フランソワ・ミショーで、バルザックはその新聞に熱心に協力していたからである。バルザックの「ささやかな」食事を分かち合おうという申し出に、ミショーは陽気に同意した。何脚かの椅子を隔てたところでは、三人目の囚人ウジェーヌ・シューが二人の従者を従え、高飛車に尊厳ぶってバルザックたちに合流することを拒んでいたが、夜はとても楽しく終

ヴェフール　パリでもっとも有名なレストランのひとつ。現在は「グラン・フェフール」という高級店。

ウジェーヌ・シュー　二八頁参照。

わった。バルザックとシューの関係はよいものではなかったので、この冷たいあしらいには驚くにあたらない。バルザックの言うところによれば、連載小説の王であるシューは金持ちで、あらゆる危険から身を守られていて、もはや文学のことを考えなくなっている。バルザックのほうは、文章の質をつねに気にしていて、連載小説のルールに抗っていた。同僚のウジェーヌ・シューやアレクサンドル・デュマは、連載小説らしく、きわめて巧みに章を細かく切ったり、読者の関心を喚起し続けたりできたのだが、バルザックにはそれができなかった。とはいえ、バルザックは実入りのいいライバルたちのように収入を得られることを願っていただろうが。

事件はこれで終わりではない。バルザックには、刑に服さなくてはならない違反がいくつもあったため、当局はさらに数日間、彼を捕らえておくことにした。翌日、ヴェルデは再びバルザックに呼び出され、彼の独房に入っていった。「パテ、ヴォライユのトリュフ詰め、ジビエを艶煮したもの、ジャム、さまざまなワインが入った籠、シュヴェ産のあらゆる種類のリキュールがいたるところにあふれ、仕事机やベッド、たったひとつ置かれた椅子、牢の床一面を覆い、足の踏み場もありません。食堂に降りていって、そこでウジェーヌ・シューとかいう、他人のためには何もしない、完全なるエゴイズムを育んでいる奇妙な奴にはもう会いたくないからです」とバルザックはハンスカ夫人への手紙に書いている。編集者と作家はテーブルについたものの、食べ物と美味しい酒が多すぎてすべてをたいらげることができ

ジビエ　鹿やウサギ、イノシシ、ウズラ、キジなど、狩猟によって得た鳥や獣の総称。
シュヴェ　パリの有名食料品店。八九頁参照。
リキュール　アルコールや蒸留酒に香草や果物、シロップ、砂糖などで香りと甘味を加えた飲み物。

なかったため、バルザックは親しい友人たちを何人か夕食に招待することにした。「牢には規則がありましたが、守衛長は大きなテーブルに椅子とクロス、グラスを提供してくれました。オーギュストは白手袋をつけて給仕してくれました。宴に欠けているものはありませんでした。これから始まる食事戦の合図を出しながら、バルザックは、以前私に語ったことを繰り返しました。つまり、この〈家〉（バルザックは婉曲的に営倉のことをこう呼んでいたのです）は、自分がここでやったことを忘れることはないだろう、と言っていたのです」（エドモン・ヴェルデ『バルザックの真の肖像』より）。

バルザックが言ったとおりになった。牢番たちは料理の残りものを奪い合い、営倉に滞在している客が際限なく無駄使いをするのを歓迎し、感動的な思い出を心に刻むこととなったのは疑いない。

再び営倉で日々を送ることはなんとしても避けようと、バルザックはパリから三リュー、つまり十二キロ離れたセーヴルに正式に居を構えることにした。セーヴルに住むことですべての奉仕が免除されたし、八スー払って列車に乗れば、パリのマドレーヌまで約二十分で移動することができた。パリにいなければならない時には、パッシーの小さな家（現在のバルザック博物館）に身を潜めていた。この家は名義だけ別の男性やルイーズ・ド・ブリュニョルという心ある女性の名で借りていた。ブリュニョル夫人は礼節をわきまえ、かつ活動的で、出版業者と白熱した議論を交わすことができ、どんなに用心しながら呼び鈴を押す債務者でも追い払うことができる人だった。彼女は家政婦として仕事をし、ときには料理人としても働いた。場合によって、バルザックとベッドを共にすることはあったが、食卓を共にすることはなかった。バルザックは、創造力をほとばしらせるためには純潔であるようにと若い作家たちに忠告し、自分は遠くに住むハンスカ夫人に崇拝を捧げる貞淑な人間であることを誇りにしていたが、同時に完全なる禁欲は脳を軟化させるものとも考えていた。ブリュニョル夫人のおかげで、バルザックはまさに実りある環境を保つことができていたのだった。

バルザックはセーヴルでひとつづきの小さな土地を手に入れ、使いを送って、彼がキャビンと呼んでいた建物の修復を始めた。キャビンとはいえ、修復には「土方や石工、塗装工、それに他の職人たち（「ハンスカ夫人への手紙」より）」の仕事を必要とした。いったんそこに居を構えると、仕事の時期であっても、彼はすすんでそこに客を招き入れていた。バルザックの食卓では、みなよく飲み、多くの場合には飲み過ぎるほどだった。「誰とは言いませんが、わたしは一度ならず、裁判長たちが飲み過ぎてテーブルの下に転がっているのをそのままにしておくことになったと、打ち明けねばなりません」と、この家の常連だったレオン・ゴズランが語っている。バルザックはずっと起きているか、あるいは深夜一時に仕事の準備にとりかかれるように、早い時刻、夜の七時頃になると、まずそうに食べたあとで、仲間たちから離れ、眠りについていた。

　こうした状況におけるバルザックの節食には目を見張るものがある。節食をしていたのに、なぜバルザックはあんなにも太っていたのだろう。私はいつも不思議に思っていた。じつは彼はつねに太っていたわけではない。当時より十年ほど前、バルザックは『ふくろう党』の内容をふくらませようと、家族づき合いのあったポムルー夫人のブルターニュの家に滞在していた。彼女はクラクランやバターで、この若くとても痩せていて、つねにお腹をすかせていたバルザック青年を太らせようと考えた。バルザックは彼女に「レディー・ブーラン」と渾名《あだ》をつけた。もし彼女が一八三六年にバルザックに会っていたら、目の前の男が、あの痩せていた青年だとはわからなかっただろう。彼はこの頃肥満に苦しんでいたし、肥満と闘うために、できる限り歩こうと努力していた。しかし、一日に十五時間も働いていたら、どうして歩くことができるだろう。しかも、どうすれば冬のパリのぬかるみを歩くことができるだろう。パンを食べないようにしようと何度も心に決めていたが、それにもかかわらず、夏に落ちた数キロの体重は天候が悪くなるとすぐに戻ってしまった。彼の食生活が普通ではなかったこともまた事実だ。日々頬張るおよそ十個もの梨（ある年の二月には、梨を千五百個倉庫に蓄えてあると、ハンスカ夫人に明かしている）、おそろしい量のブドウ、そしてなにかにつけて生じる空腹は、必ずしも細身の身体をつくるのに向いているとは言えない。とはいえ、バルザック自身が幸

『ふくろう党』　ブルターニュ地方を舞台にした小説。「ふくろう党」は、ある反乱軍の呼び名。
クラクラン　ビスケットの一種で、かじるとカリカリと音のするお菓子。各地方に見られるが、ブルターニュはその中でも有名な地方のひとつ。
レディー・ブーラン　ブーランはフランス語で「食べ物がこってりしていて、胃にもたれる」の意味。

福な気持ちで思い描いていたハンスカ夫人との将来の生活が実現し、夫人が近くにいたなら、均衡のとれた生活を送ることができたかもしれない。ジェームス・ド・ロスチャイルドのところでおこなわれた二十五人も集まった大規模な晩餐から帰ってきても、ロスチャイルド邸の料理に驚くことなく、金持ちや権力者よりも自分たちの家のほうが良いものを食べられるだろうと考えて、ハンスカ夫人に次のように書いている。

「わたしたちの家では、九名以上での夕食会は決して開かないようにしましょう。七名を幸せにし、魅了し、楽しませ、彼らのエスプリを聞き、良い食事を味わってもらうほうが、『ヴェリ』のように食事を供するよりも良いではありませんか」。

とはいえ〈人間喜劇〉の中の登場人物たちは、いつも自分の家で食事をとっているわけではない。そこにバルザックの新しさがある。

ジェームス・ド・ロスチャイルド　ヨーロッパ最大の銀行家ロスチャイルド家の一員（一七九二〜一八六八）。ジェームスは、パリでフランス・ロスチャイルド商会の長を務めた。

ヴェリ　当時、バルザックがパリでもっとも評価していたレストランのひとつ。四五頁参照。

第二章　レストランの食卓

革命以前の人々は、旅行の時や知らない町に滞在した時など、必要に迫られなければみな家で食事をしていたし、自宅に客を招いていた。食事はプライベートなことであったし、いくつかの特権的な家庭を除けば、そのメニューはあまり気をそそるものではなかった。パリでは、本当の台所がある家はわずかで、カマドがあるのはとても例外的なことだった。多くの主婦は、暖炉にかけるとぐらついてばかりいる炊事鍋ひとつで何とかしなくてはならなかった。焼き串があるのは、宿屋か大きな屋敷くらいであった。

フランスでは旅行をする理由にこと欠かない。ゴシック建築の大聖堂やロマネスク様式の教会、王族の城も魅力があるのだが、実のところ「星」、つまりミシュランの星を追い求めることがフランスを巡る旅行の動機となるのもしばしばである。しかし歴史的にみて、これは新しい現象なのだ。十八世紀には、美食を理由にフランスに滞在することなど、誰も正当化できなかったことだろう。たいそうひどい食

ミシュランの星　ミシュラン社が出版している、ホテルとレストランのガイドブック。レストランの評価を星の数で示すことで有名。

事をしていたのだ。大貴族や洗練されたブルジョワはたしかにすばらしい食事をしていた。それらの館の食事は驚くほど豊かで、客は出されたものの三分の一しか食べられないほどであった（余った分は、まずは使用人たちに、それから残り物を買い戻すことを専門にしていた小売商のところへいった）。しかし、友もなく紹介状もないよそ者は、感じの悪い宿屋の主人の意のままで、ひどい部屋に泣かされていたのと同じく、食事の品のなさにも泣いていたのである。

彼らはたいてい、ぞんざいにつくられた食事を泣く泣く受け入れなければならなかった。しかも、料理を選ぶこともできない。宿屋の食事とは料理を買うのではなく、共有のテーブルにつく権利を買うということだった。

別の解決策としては、あまり良いものではないが、食事付きの宿泊でターブルドットにつくことであった。ターブルドットでは、常連客が決まった時間に集まる。もし一席空いていれば、よそ者でも座ることができたが、もし席がなければ、別の場所で運試しをするしかなかった。快適なことは何も経験できない。『一七八八年のパリの食卓』の著者ルイ＝セバスチアン・メルシエによれば、女主人がメインディッシュを置くテーブルの真ん中は、常連しか手を伸ばすことができなかったという。疲れ知らずの顎の持ち主である常連たちが不幸な旅行者に残すのはほんのひとかけらだけで、旅行者は決して料金に見合ったものは食べられず、その上、意味もなくやかましい会話に耐えなくてはならなかった。イギリスの著名な農学者アル

ターブルドット　安食堂や安宿で、客が食事をとる共用の大テーブルのこと。そのテーブルや、そこで出された食事のことを指す。

ルイ＝セバスチアン・メルシエ　十八世紀後半のパリの生活を描写した作家（一七四〇〜一八一四）。著書に『十八世紀パリ生活誌』。

チュール・ヤングは、無作法な輩《やから》から逃れることのできないこの隣国の友人を気の毒がっていたものだ。

旅行者は肉屋の陳列棚から買った一本のソーセージやひと切れのハムで食事をすませることも多かった。あるいは肉を焼いて売る店で、骨付き肉だとか手羽だとかを買って、それらを自分の部屋で食べていた。もし煮込み料理が食べたければ、総菜屋に行かねばならなかった。雑踏ひしめく通りでは、昔から与えられていた特権をもつ女たちが、モツを煮込んだ大きな鍋の後ろに控えており、彼女たちの連れが鍋で鶏を調理していた。こうしたものは使い勝手はよくなかったし、健康によいものでもなかった。同業組合は遵守に苦労する規則をさまざまな商人たちに課しており、それぞれが売ったり調理したりできるものをかなり正確に取り決めていた。つまり、現在われわれが「レストラン」と言っているものの形態、すなわち個人個人のテーブルで、その人が選んだもので構成された料理を食べることができ、選んだものの分だけ金を支払うというやり方は禁止されていたのだ。実際、十八世紀にはレストラン（restaurant）は場所のことをいうのではなく、体力を回復させる（restaurer）ことのできる料理や飲み物のことを示していた。一杯のワインであったり、気付けの酒であったり、あるいはまた非常に濃厚なブイヨンスープであったり、肉からとったエキスのようなものが、「レストラン」であった。

やがて一七八〇年頃には、既存の規則では分類不可能な商売――食料品店でもなければ、宿屋でも、総菜屋でも、ターブルドットでもない――がパリに登場した。清潔でひっそりとした建物で、女性がひとりでも、クロスのかかったテーブルについて、ブイヨンスープやサラダを注文することができた。旺盛な食欲を満たすための場所ではなく、単に元気をつける場所であったので、「レストラン」と名づけられることになった。

この種の最初のレストランが開店したのは、プリ通り（現在のルーヴル通り）で、数年ののちにサン゠トノレ通りのオテル・ダリーグルに移転した。「ブーランジェ」という名の店の主人は、粗塩で味つけしたヴォライユや新鮮な卵、それにもちろんとても濃厚なブイヨンスープを出していた。煮込みを出すことはできなかったが、ターブルドットは食事を出せる時間が定められていたのに対して、この種の店は営業時間に関する厳しい規制の適用外だった。日中の疲れを感じた時、こうした店で活力を取り戻すことができるものにありつけることが魅力であった。ごくわずかな野心家たちがそれをまねたが、一七八九年以前には、パリのレストランは四、五軒を数えるにすぎなかった。もっとも有名なものはジャン゠ジャック・ルソーを迎え入れた「ヴァコサン」である。ルソーは、食事の軽さと割り勘での勘定を特徴として、ピクニックのように参加する食事を「ディナー」を定義した人物だ。

フランス革命はなによりもパリの食事風景を一変させた。暴力と恐怖、人命を奪った争い、そして一七九四年にピークを迎える食糧難によって特徴づけられる時

ブーランジェ　スープだけで一品料理となるような食事を出すことで財をなし、のちに岩塩を使った鶏をメニューに加えた。

代の食事に関心を向けることなど、つまらないことのように思われるかもしれない。しかし、牢獄に届けられた上質な食事の数々や――罪人たちはメニューを独房に流す総菜屋やお菓子屋と仲良くし、肉やパテを運ばせていた――広範囲に広まった饗宴の豪華さ、食料市場の変化のことを考えれば、この主題に関心が向くのもしかたがあるまい。

バスチーユ奪取の三日後、コンデ公は亡命する時に、臣下のロベールを指揮官として技を磨いてきたロースト係、ソース係、お菓子係による部隊を放棄した。ロベールは時を移さず、リシュリュー通りの一〇四番地にレストランを開き、自分の名をつけた。「ロベール」は立派なメニューを備え、店主が出したいと思うものを提供できる、本物のレストランであった。中世に制定されたとも言われる厳しい規則が緩和されたばかりで、時代は、とりわけレストラン経営者という新参者たちに利益をもたらした。王の弟であったプロヴァンス伯に仕えていた料理長は、一七九一年六月に公が出発するやいなや、パレ＝ロワイヤルのギャルリー・ド・ヴァロワに店を構えた。客たちにきわめて豪華な環境を提供することに専心し、まるで敷石のように重いメニューを渡していた。パレ＝ロワイヤル全体が、すぐに食通たちの集合場所となり、客が絶えることはなかった。

財を築く機会にこと欠かなかったので、新たに金持ちになったものは多かった。彼らは食欲旺盛であった。とはいえ、少なくとも総裁政府時代以前、人々は、こう

コンデ公　フランス王家であるブルボン家の家系のひとつ。革命でドイツに亡命したルイ・アントワーヌ・アンリ・ド・コンデは、のちにナポレオンに捕縛される。

プロヴァンス伯　革命時の王ルイ十六世の弟。のちのルイ十八世。

した混乱の時期にはあまり自らの財を見せびらかすことをしたがらなかった。贅沢に家を整えたり、すばらしい食事を供して、ねたむ者たちや告発する者たちの中傷の的になったりするのは、危険な事態を引き起こしかねない。そこで、個室があって秘密が守られるレストランに招き入れるほうが得策だったのである。

　さらに重要なことは、当時のパリには、議員やジャーナリスト、好事家、外国人偵察者など、独り者の男があふれていた。この首都でよるべのない彼らは、自分で食事を賄わねばならなかった。その結果、近代的で快適で、あらゆる予算に合わせてメニューを提供し、あらゆる時間に料理を出してくれる場所に、人々が殺到したのだ。レストランはパリ中で開店し、その数は増加の一途をたどった。人々の利便性にかなったので、執政政府下、帝政下において、その動きは拡大した。一八〇二年、再び平穏を取り戻したパリを訪れたイギリス人ジャーナリストのフランシス・ブラグドンは、十年以上もの戦乱と革命の結果に関心を寄せながら、「パリは復興《レストラン》している」とひとことで述べている。この頃にはパリで二千ものレストランを確認することができ、王政復興の時期にはさらに増え、その数は三千に達した。（まちがいなく、ターブルドットの大部分は姿を消したか、あるいは時代の流れに合わせて部屋に個別のテーブルを足し、食事に選択肢を加えていった）。こうした現象により、新たな生活リズムが生まれ、パリの人々の日常を根本的に変えたのであった。

革命以前、上流階級の人々は日に三回の食事をしていた。朝の六時から八時の間に何か詰め込み、二時に正餐《ディネ》を食べ、九時以降に夜食をとっていた。農民や職人は二回の食事ですませていた。夜食は、夜会や観劇に行く特権階級に限られたものだったのである。革命期になると、この習慣が不規則になる。集会やクラブなど、さまざまな集まりで議論するために朝一番からパリに放たれたすべての者たちが、十一時になるとぐったりする……そこで昼近くになると、うきうきしながらレストランに向かっていたのである。そのうえ彼らは夕方六時に再び食事をとり始める。こうしてこの正午近い頃の食事は、ベッドから飛び起きてとる朝食、日の終わりにとる食事の夕食に対して、昼食と呼ばれることになった。夜食の習慣は姿を消した。日に二度の食事時を活用できるようになったレストラン経営者にとっては、予想外の幸運である。

以来、人々は公共の場で食事をし、友人たちと集まり、会う約束をするようになった。これは社会のあらゆる階級で起こった。人々は料理をきわめて重要なものと考えるようになり、それは帝政時代、それから次の体制においても続くことになる。美食は議論の主題となり、文学の主題にさえなった。何世代にもわたって主婦たちの必要に応えていた『フランスの料理人』と『田舎の喜び』という十七世紀の二冊のレシピの本に続いて、カバニスやブリヤ＝サヴァランの意欲的な作品が出て、食事の方法に関する省察が記された『味覚の生理学』は驚くべき成功を収めた。ア

カバニス　フランスの哲学者で医学者（一七五六～一八〇八年）。主著は『人間の肉体と精神についての論考』。

ブリヤ＝サヴァラン　フランスの法律家で美食家（一七五五～一八二六）。『味覚の生理学』（邦題『美味礼讃』）の著者。

レクサンドル・デュマも料理の本を出版した。機知に富み、逸話とすばらしいレシピが詰まった本だった。フランスは料理の偉大な祖国となった。そして、自分が生きた時代や社会、そして自分の関心事を綴るバルザックは食卓の賛美者となったのである。

バルザックは、「フランス人が旅行を嫌うとの同じくらいのレベルでイギリス人は旅行が好きなのだが、これにはそれぞれに理由があるようだ。いたるところでイギリス以上のものは何かしら必ず見つかるが、フランス以外でフランスの魅力を見出そうとすればとても難しいからだ」と『オノリーヌ』で書いている。フランスの魅力の真髄、それが料理なのである。「ロシェ・ド・カンカルのオーナーシェフのボレルが、味わいかたを心得ている食通に腕を振るう料理であり、神話的な存在であるフランスのワイン」がフランスの魅力なのだ。

さらにバルザックはフランス以外の料理をけなして、心ゆくまで楽しむ。『ガンバラ』では、イタリアは人々がスープにチーズを入れるような国だと、軽蔑するように書いているし、ポーランドはビーツのひどい味のスープ、バルシュチュ（バルザックは barkschz と綴っているが、おそらく誤用であろう）以外にも、まずくて薄いスープをつくるために七十七種もの方法がある国であると書く。ドイツ人はライン川のワインと呼ばれる多種多様な酢を好むとバルザックは言い張る。イギリス人に関しては、彼らの味覚を呼び覚ますには、舌を焼くような調味料が必要だとさ

『オノリーヌ』　夫オクターヴ・ド・ボーヴァン伯爵のもとを突然去ったオノリーヌと、妻を愛しつづけて引き戻そうとする伯爵を描いた小説。文中の引用はこの小説の冒頭部分で、作者の前口上として書かれている。

ロシェ・ド・カンカル　バルザックが通ったレストラン。四八頁参照。

『ガンバラ』　イタリア出身の音楽家ガンバラとその妻、そして同じくイタリアからパリに来たマルコシーニ伯爵を描く。

バルシュチュ　barszcz と綴るポーランドのスープ。

え言っている。

バルザックは登場人物たちをもっとも洗練された場所にも、もっともみすぼらしい場所にも送り込む。セーヌ川の右岸も左岸も、パリ全体がわれわれを誘う。そして小説のなかで、道を歩きながら、パリの社会的なことがらや美食に関することの真実を伝えてくれるのだ。〈人間喜劇〉には約四十ものレストランが引用されている。バルザックは大きな店だけを登場させることを好まなかった。もっとも壮麗なレストランと同様、もっともつつましやかなレストランにおいても、バルザックはそのメニューについてじっくりと書く。バルザックの作品ではつねにそうだが、彼は値段にも関心を寄せているので、われわれも勘定書をなおざりにすることなく、星を授けるガイドのページをめくることになる。

〈人間喜劇〉では二つのレストラン「ヴェリ」と「ロシェ・ド・カンカル」が三ツ星にふさわしいとされている。まずは、もっとも伝統ある「ヴェリ」から始めよう。なぜなら、ここはまたバルザックがリュシアン・ド・リュバンプレをパリの生活の楽しみと危険の基礎を学ばせるために向かわせた場所でもあるからだ。

テルミドール（革命暦十一月）九日は、ロベスピエールの統治と恐怖政治の恐るべき行為の終焉を記す日である。ギロチン台や死刑執行人、大勢の犠牲者たちの列がコンコルド広場から去っていった。パリの人々は、より自由に呼吸し始めたのである。チュイルリー公園の北側に接した「フイヤンのテラス」はその魅力をとり戻

リュシアン・ド・リュバンプレ
『幻滅』などに出てくる人物。文才を見込まれてバルジュトン夫人と懇意になるが、深い関係になるまでには至らない。リュシアンは夫人に連れられてパリに出るが、身分違いで上流社会に入ることも許されず、夫人からも見捨てられる。

し、クマシゲに覆われた壁で道から隔てられていた。総裁政府時代にローレーヌからやってきた二人の兄弟が、そこですばらしいレストランを始め、「シェ・ヴェリ」と名づけた。真の食通はときとして、この店の料理はあまりに古典的で、ぬけていて、革新的な意欲がほとんど見られないと批判するが、サービスの質や装飾の豪華さ、とりわけ過剰なまでに使用された鏡が客たちを引きつけ、驚嘆させていた。「ヴェリ」は一八〇一年、リヴォリ通りが開通する時に移転を余儀なくされたが、地区は変わらなかった。パレ=ロワイヤルのほうへ移り、ボジョレー通りに店を構えたのである。今日、「グラン・ヴェフール」となっている場所だ。他のレストランと同様、「ヴェリ」でもメインの部屋にそれぞれのテーブルを配置していて、柱によってテーブル間のスペースが調整されていた。その上、取りはずし可能な一枚の仕切り壁で大きな部屋を分け、大人数のグループのためにテーブルを準備することもできたし、あるいは逆に、一対一の客のためにウェイターがノックをしてから入る個室を準備することもできた。

「ヴェリ」の栄光はとどまることなく大きくなっていった。一八一四年の侵略の時、フランスに入ってきたロシアの将校たちはパレ=ロワイヤルをギャロップで進み、「ヴェリ、ヴェリ」と叫んでいた。王政復古期のあるグルメ・ガイドによると「胃の腑がパリに着いたからには、向かうのは第一級の食卓で、頻繁にこの店に通うことになるだろう。もちろんここでは、一年中、海の中にいる魚と同じくらい新

グラン・ヴェフール　パリの有名な高級レストラン。「ヴェリ」は「グラン・ヴェフール」の隣に移転した。

鮮な魚や、すばらしいジビエ、足肉のトリュフ詰め、ブーダン、ヤマウズラのヒナのパピヨートのトリュフ添え、脳髄、マカロニまでも食べることができる。〔中略〕ヴェリはレストランの宮殿であり、また宮殿のレストランである」。

『幻滅』の若き詩人リュシアン・ド・リュバンプレが、パリで自分を手ほどきしてくれている夫人に冷たくされて動揺し、自らを慰めるために「ヴェリ」に向かったのも驚くにはあたらない。だが、田舎から出て、前日に初めてレストランに行ったことがあるだけの彼には、パリでもっとも上質でもっともエレガントなレストランに行くには、勇気を奮いたたせねばならなかった。リュシアンはパリでまったくの新参者だったので、「ヴェリ」があるパレ＝ロワイヤルに行くための道も聞かねばならなかったが、勇敢にも彼は「ヴェリに入り、パリの快楽の入門に、絶望の慰めとなるような夕食を注文した。ボルドーのワインを一本、オーステンデの牡蠣、魚、ヤマウズラ、マカロニ、果物。これらはリュシアンが望む最高のものだった。彼はこの享楽を味わいながら、今夜、デスパール侯爵夫人のところで自分の才覚を証拠だてること、豊かな知性を見せることで妙な服装のみすぼらしさを穴埋めすることを考えた。この夢心地も、勘定書をみるなり現実に戻された。五十フランだった。かねてから、それだけあればパリでかなりのことができると思っていた額である。この食事は、彼のアングレームでの一ヶ月分の生活費に相当する。ここには二度と足を踏み入れまいと思いながら、彼はこの宮殿の扉を閉めた」。

ブーダン　豚の新鮮な血と脂肪を詰めてつくるソーセージ。

パピヨート　魚や肉に香草、ソース、野菜など加えてホイルのようなもので包んで、それをオーブンで焼いたもの。

オーステンデ　ベルギー西部、北海に臨む港町。牡蠣の産地として名高い。

デスパール侯爵夫人　リュシアンに目をかけていたバルジュトン夫人の親戚。パリでサロンを開いており、華やかな社交界の中心にいる。

バルザック本人も「ヴェリ」では驚くほど高くついて、ふいをつかれることもよくあったが、彼には策があった。バルザックはたっぷりチップを渡し、勘定書にサインすると、ヴェリ夫人に頼んでそれを編集者に送り届けさせた。イギリス人の画家ローランドソンの素描を信じるならば、ヴェリ夫人はかなり豊満な女性で、大部屋に備えつけられたカウンターの後ろに堂々と座って、すばやく計算をしながら、ウェイターと客を注意深く監視していたようだ。

そうはいっても、バルザックは「ヴェリ」のライバルで、より陽気で、より近代的な「ロシェ・ド・カンカル」のほうがお気に入りだったのではないだろうか。「ロシェ・ド・カンカル」は、パレ=ロワイヤルよりもより大衆的な地区、レ・アールのレストランにいるかのような和やかな雰囲気がある。「ロシェ」は、とりわけ牡蠣の質の高さに定評のある店だった。バルザックは牡蠣を心から愛していたように思われる。が、これは彼の同時代の人たちと較べてあまり珍しいことではない。ナポレオンの百日天下の間にガンに逃れていたルイ十八世が、食事の始めに牡蠣を百個ばかりがつがつと食べていたことを考えていただきたい。食堂は通りに面していたため、窓の後ろでは子どもたちが背伸びをしながら大きな声で亡命中の王が食べた皿の数を数え上げるので、歩哨の兵士はその子どもたちを追い払わねばならなかった(エマニュエル・ド・ワルスキエル著『百日天下――不可能の誘惑、一八一五年五月〜七月』より)。

だからバルザックの作品の登場人物たちが、無造作に牡蠣をたらふく食べていても、それはあまり驚くことではない。『ランジェ公爵夫人』に出てくる会話から、サンクトペテルブルクに亡命しているモンリヴォー伯爵は、日に百個もの牡蠣を食べて自らを慰め、しかもそんなに食べ過ぎても通風も結石も患っていないようである。『幻滅』では、美しきコラリーは恋人のリュシアンを祝いたい気持ちから、二人の初めての昼食に、レモンを添えた牡蠣を注文する。安宿に住む怪しげなクラパロンは、書類を片づけるやいなや、仕事机で牡蠣を食べている。金持ちのブルジョワ、バルタザール・クラースは食通で、いつもオーステンデから直接取り寄せていた。

パリでは、牡蠣の王は「ロシェ・ド・カンカル」の最初の店主アレクシス・バレーヌである。彼はレ・アールの魚市場で牡蠣を売ることから始めた。この商売は儲けが多かった。パリの牡蠣の消費量は年間六百万ダース以上で、牡蠣市場はきわめて重要であった。十九世紀の始め、バレーヌはモントルグイユ通りとマンダール通りが交差する場所にレストランを開いた。とりわけ当時第二執政官だったカンバセレスをはじめ、第二身分の良家の食通たちが注目していた。カンバセレスの庇護によって評判は高まり、そのすばらしく卓越した料理が知られることとなった。一八〇一年、郵便事業を公用文書のみに認めると主張するナポレオンの命令に激怒したカンバセレスは、第一執政官ナポレオンの家へと赴き、次のように言って抗議

モンリヴォー伯爵　『ランジェ公爵夫人』の登場人物のひとりでナポレオンに仕えた軍人。彼が愛し、その後行方がわからなくなったアントワネット・ド・ランジェ公爵夫人を探している。

コラリー　『幻滅』などに出てくる女優。リュシアンにひとめ惚れし、彼と同棲を始める。

クラパロン　バルザックの複数の小説に登場する人物で、元販売員。職がなく困窮しているところをデュ・ティエという男に助けられた。デュ・ティエの事業を助けるために芝居をうったりする。

バルタザール・クラース　『絶対の探求』の主人公バルタザール・クラース＝モリナ伯爵のこと。化学に魅入られ、奇妙な実験を続けている。

したという逸話が残っている。「望みの料理を出すこともなく、どのように友好関係を築こうとお思いですか。統治というのは、食卓によっておこなうものなのです」。

この憤りを前にして、ナポレオンは譲歩し、カンバセレスに、七面鳥のトリュフ添え、ストラスブールのパテ、マインツのハム、灰色岩シャコ、あるいは彼がヨーロッパヤマウズラよりも好んでいた赤足岩シャコなどを地方から引き続き取り寄せることを認めたのである。

ほどなく、美食家たちはこのレストランで夕食をふるまうことになった。「ロシェ・ド・カンカル」は有名になり、値段は高くなり、名声は数年にわたって維持され続けた。店主のバレーヌは特別なメニューにも力を注ぎ、まばゆいばかりの照明を取り入れたが、手の込んでいない料理も出し続け、ハムとほうれん草を合わせたものや、ヴォ・ロ・ヴァンのクリームがけ、それにもっとも暑い時期も含め、最上級の牡蠣を一年通して提供していた。バルザックの時代にはバレーヌはすでに引退し、コンデ公の食卓を担当していた先輩の弟子にあたるボレルに十七万フランで事業を譲っていた。この金額は帝政時代の元帥の娘の持参金と同じくらいの莫大な額にあたる。ボレルの時代になっても、評判はまったく落ちなかった。バルザックがここを贔屓にしていたことは、彼が自分の賛美者のひとりである若きロシア人のレンツを招待したことから明らかである。レンツは彼に会うために、かなりしつこく迫ってきたとバルザック

灰色岩シャコ／赤足岩シャコ
シャコはキジ科の野鳥。「シャコ」というのは総称で、ウズラもシャコに含まれる。灰色岩シャコはアルプスなど高い場所にしか棲息しない。味が良いことで有名。赤足岩シャコは灰色岩シャコの近縁種。

ヴォ・ロ・ヴァンのクリームがけ
パイ生地を焼いて中を抜いて、そこに詰め物をした料理。前菜に出すことが多い。

はハンスカ夫人に伝えている。バルザックがついに譲り、友人のレオン・ゴズランとヴィクトル・ユゴーと四人でテーブルを共にする食事会を「ロシェ」で催したのである。バルザックがユゴーに送った招待状は、次のようなものであった。

わが親愛なる師へ
ひとつお伝えしたいことがあります。「ロシェ・ド・カンカル」での木曜日の食事のことです。予定を入れず、わたしのために一夜、時間を取っていただけませんか。明日、水曜日の正午に説明にお伺いいたします。
あなたを愛するロシア人の者とレオン・ゴズラン、そして私のみの食事です。
（『フランス文学史』誌一九五三年十〜十二月号より。このバルザックの手紙に、ユゴー夫人は「返信の必要なし。私との予定があります」と書き込んでいる）

残念なことに、「蒸され、飾られたひとつひとつの料理の美しさと、その新鮮さ、端正さが目を奪う魅惑をかたちづくっている（ジャン＝ポール・アロン『十九世紀の食事者』より）」、この上なく贅沢で、もっとも食欲をそそるように並べられた食事を前にして、海老とラディッシュを左右に置き、バルザックとレンツがユゴーを待っていたということ以外は、この日のメニューについて知ることができない。店主のボレルは敬意をもって彼らをもてなし、客の中でももっとも有名な人たちにすべき態度を心得ながら、気を配った。現在、「ロシェ」に匹敵する店を挙げるとすれば、「タイユバン」と「シガール・レカミエ」を合わせたようなレストランだろう。とびきりの食卓と愉快で開かれた雰囲気を兼ね備えた「ロシェ」には、政治家やジャーナリスト、作家、編集者、役者、社交界の人々といった人物たちが集った。バルザックが恋人たちの食事だけでなく、ビジネスでの昼食、高級娼婦たちの夜食あるいは上流階級の夕食と、〈人間喜劇〉全体をそのレストランに向けていたとしても驚くにあたらない。バルザックの「ロシェ」通いは、一八一五年から、店が姿を消す一八四六年まで続いた。

『金色の目の娘』では、一八一五年、マルセーが神秘的な女パキタとの待ち合わせの前に、「横柄な態度で飲み、ドイツ人のように食べることで」あせる気持ちをまぎらわせようと「ロシェ」に来ているし、『人生の門出』では、代訴人見習いたちが、三時に始まり十時に終わる大騒ぎの宴のために、「ロシェ」に集まっている。『幻滅』の中で、バルジュトン夫人とリュシアンがパリに到着した日の夜に、シャトレが彼らを連れていったのも「ロシェ」で、彼は夫人にこの店で見られるエレガントなパリジャンたる自分を見せつけたかったのだ。「シャトレは水の中の魚のようにふるまっていた。自分の恋敵が慣れていないために躊躇ったりする様子や、驚き、あるいは質問やちょっとしたまちがいをにやにや笑っていた。それはベテラン水夫が船に上でふらふらしている新米を笑うのに似ていた（『幻滅』より）」「歳が

マルセー　『金色の目の娘』の主人公、美貌の青年アンリ・ド・マルセーのこと。ある日見かけた金色の目の娘のことが忘れられずに彼女を追い続ける。やがて娘を見つけるが、彼女の素性はわからないまま物語は進んでいく。

パキタ　マルセーが恋した金色の目の娘の名前。

『人生の門出』　二〇頁参照。主人公のオスカールは、代訴人事務所で見習いとして働くことになる。

シャトレ　『幻滅』に出てくる人物。平民出身の男爵。フランス西部に位置するアングレームからパリに出てきており、バルジュトン夫人とリュシアンの仲を裂こうとする。

いっていないのでそうは見えないものの、田舎者であれば外交官と見まちがえてしまったかもしれぬウェイターたちが、たっぷり稼げることはよくわかっているといった様子でまじめに控えていて（『従妹ベット』より）」、そうしたウェイターたちに注文をするやり方を知っていることや優雅なふるまいでメニューをめくることには、ある種の才覚が必要だった。リュシアンは、彼を侮辱しようとするシャトレよりも、陽気で寛大な女優たちや手ほどきをしてくれる人たちのところに通いだしてから、すぐにその術《すべ》を学びとったのであった。

小さな文字で四行にわたって印刷されている長い長いメニューは、まるで新聞『モニトゥール』の紙面と見まごうばかりであったと言っておかねばなるまい。「ヴェリ」同様、ボレルの「ロシェ」も百種以上もの料理を供していた。仔牛だけでもロースト、グルナダン、ブランケット、フリカンド、脳髄、マリネにした耳、フライ、詰め物料理あるいはグリンピース添え、頭、舌、リー・ド・ヴォー、コートレット、タンドロンといった形で注文することができた（レストランの経営者は牛を一頭まるまる買うことがよくあり、そのため良い部分の肉や腎臓、ロースだけでなく全部を売らなければならなかったことを忘れてはならない）。

さらに、そこで使われている単語は新参者には理解できないものであった。鳩はクラポディーヌ風にすべきか、フィナンシエール風にすべきか。仔羊のエピグラムとはいったいどのような料理だろうか。オランダ風、ドイツ風、スペイン風、イタ

グルナダン　仔牛のフィレや腿肉からとった筒形の部位を切り、豚の背脂の細切りを刺して蒸し焼きにしたもの。

ブランケット　仔牛や仔羊など白い肉を使ったシチュー。

フリカンド　豚の背脂を刺した厚切りの仔牛の腿肉を煮込んだもの。

タンドロン　牛の腹部に近い胸の部分の柔らかい肉。

クラポディーヌ風　鳩やひな鳥の骨を取って開き、パン粉をつけて焼いたもの。

フィナンシエール風　トリュフや鶏冠、腎臓など高級食材を付け合わせること。

仔羊のエピグラム　仔羊の胸肉・肋骨間の肉を使った料理。グリルにしたり、パン粉をつけて揚げたりする。

リア風、バイエルン風のソース、プリュッシュソース、バリグールソース、ロベール風ソースの中から、どのようにソースを選べばいいのか。フロベールによると、これらの専門用語を前にした時の驚きは長い時間続くという。オルレアン風のプディングを拒むことは、政治的な意味合いを含む行為なのだろうか。体制派のものたちは、シャンボール風のヒラメを注文することが義務だったのだろうか。食生活をシンプルにできるように、ジャーナリストのオノレ・ブランは二十一のレストランのメニューをひとつにまとめて印刷し、簡単なフランス語に翻訳することを思いついた。そのおかげで、駆け出しの美食家たちは、自分たちのような新参者の金持ちに比べてその単語の使い方に精通しているメートル・ドテルたちに笑われるのではないかと心配することなく、食事を注文できるようになるのだ。

　料理を選ぶことは難しかったが、「ロシェ・ド・カンカル」に招待されると、みな必ず感激した。『田舎ミューズ』のディナが「ロシェ」に愛人を招いたのは、関係の終わりを伝えるショックを和らげるためである。『幻滅』の恐ろしきヴォートランは若き高級娼婦エステルを盲目的に従わせるため、「ロシェ」の美味なる食事を利用している。『従妹ベット』では、ユロ男爵がヴァレリー・マルネフの気を惹こうと、絶えず「ロシェ」に連れて行く。『骨董室』では、このレストランに行くには洗練されすぎている階級のモーフリニューズ公爵夫人でさえ、興味を示している。「彼女はおもしろくて、意外なものが好きだった。彼女がまだ居酒屋を知らぬとい

メートル・ドテル　食卓を取り仕切る、給仕係の総責任者。

ディナ　『田舎ミューズ』の主人公。美貌と知性を兼ね備える。虚弱で吝嗇な金持ちラ・ボードレと結婚し、不幸な結婚生活を送る。のちに文人ルストーに惹かれ、その愛人となる。

ヴォートラン　元徒刑囚。本名はジャック・コランというが、ヴォートランという名でヴォケールの館に下宿している。

エステル　ゴプセックの娘で「しびれエイ」と渾《あだ》名される高級娼婦。彼女に惚れ込んだニュシンゲンにつけ込み、ヴォートランは金を騙し取ろうとする。

ユロ男爵　マルネフ夫人の愛人。

モーフリニューズ公爵夫人　華やかな生活を好む浪費家。優美に見せているが、実際は負債を抱えている。

うので、（彼女に気がある若者の）デグリニョンは「ロッシェ・ド・カンカル」で楽しそうな夜会を催した。彼女がいつも説教を交えながらつき合っている、あの愛すべき道楽者たちとの会だったが、その日の彼らはこの夜食の値段にふさわしく、陽気で機知に富み、愉快なやつらだった」。

『骨董室』の美しきディアーヌ・モーフリニューズは自由な精神の持ち主だが、バルザックは『従妹ベット』では、モーフリニューズが「ロシェ」に居合わせないようにしている。ある夜、「ロシェ・ド・カンカル」に「女たちが部屋を通り抜けて、特別な大きなサロンに入ってくる。その繻子のドレスはイギリス製のレースで飾られ、金額にしたら小さな村なら一ヶ月は食べていけるものだった。髪は花の形に結い上げ、真珠とダイヤで飾っていた」（『従妹ベット』より）。煌煌とした明かりの下、ボレルが宴のために用意した銀食器で飾られたテーブルの周りでは、取り巻きに囲われた陽気で騒がしい高級娼婦たちが、おしゃべりや冗談をたえまなく続けながら、牡蠣に手を伸ばし、ポタージュ、鶏肉、パテ、魚、ロースト料理をたいらげている。

十四人の会食者で空にした四十二本のボトルについては、どう考えればいいのだろう。実際それだけの本数を飲んだわけではないだろうが、十九世紀の人々は、ひとりで食事をとる時でも、一対一でも、あるいはグループでも、大酒を飲んでいる。フロベールの『感情教育』では、昼食をとる時にアルヌーとフレデリックが、

デグリニョン　『骨董室』の主人公。名門の家柄で、平民やブルジョワ階級を軽蔑している。デグリニョン家は経済的に翳りが見えているが、社交界で惜しみなく金を使う。その出費はモーフリニューズ公爵夫人に出会い、彼女に合わせることでいっそう増えていく。

『感情教育』　友人ジャック・アルヌーの妻に想いを寄せる主人公フレデリック・モローの恋を描いた小説。

ソーテルヌ、ブルゴーニュ、シャンパンのボトルを各一本、それに数本のリキュールを二人で飲む場面が描かれている。アルヌーよりも飲む量が少なかったフレデリックも、家に帰るや昼寝が必要だと感じている。フェルナン・ロットの『バルザックと食卓』によれば、原稿を編集者に送った祝いに、「知られている酒の中でももっとも強いもののひとつであるヴーヴレーの白ワインのボトルを四本飲み、それで優れた頭をダメにすることもまったくなく、ただほろ酔い加減がさらに生き生きとしたきらめきをもった」バルザックをテオフィル・ゴーチエが目撃しているという。バルザックはワインではほとんど酔わなかった。おそらく、彼にとっては長く続いたコーヒーの習慣と同じようなものだったのだろう。バルザックは、「金のかかる会食者」であるとつねに自認していた。

当時、人々は膨大な量の酒を飲み、水を飲むことはまれであった。〈人間喜劇〉の中で、唯一、水で満足する人々というのは、無私無欲な芸術家の理想とでもいうべき作家のダニエル・ダルテスと、若さを保とうとしているデスパール侯爵夫人だけだ。バルザックはさらに、『赤い宿屋』で水を飲む人物について言及しているが、それはきわめて特別な状況、つまりタイユフェールが夕食会の最中に会食者が謎の殺人事件のことを話したのを聞いた時におきる。銀行家タイユフェールにとってその殺人は謎ではなかった。自分が犯人だったからだ。興奮して、彼は立て続けに水をピッチャーで二杯のみ、周囲の人々に不信感を抱かせることになる。『浮かれ

ダニエル・ダルテス　凋落した地方貴族の息子。パリで貧しい生活を送りながら文学の勉強をしている。

デスパール侯爵夫人　四七頁参照。

『赤い宿屋』　『あら皮』に出てくる金持ちの銀行家タイユフェールが、かつて宿屋で商人を殺して大金を奪ったことがほのめかされている。

女盛衰記』の最後では、リュシアンの運命を心配するあまり酔ってしまったヴォートランが、コンシェルジェリーの独房で桶の水を飲んでいる。バルザックの作品で「水を飲む」というのは、決して自然な行為ではなく、ある兆しとして書かれている。

　バルザックは自分の作品の登場人物を介して「ロシェ」で楽しみつつ、他の有名なレストランについても伝えている。たとえば「レ・フレール＝プロヴァンソー」。この店は革命の時にパリにやってきた三人の従兄弟がオーナーを務めている。彼らはパレ＝ロワイヤルのすぐ近く、現在のサン＝タンヌ通りで、ルヴォワ通りの向いに位置するエルヴェチウ通りに店を構え、蠟引きされたクロスをかけたテーブルで、ブイヤベースやブランダードといった南仏料理をパリジャンに供していた。ロベスピエールの恐怖政治の時期が過ぎたのち、彼らはギャルリー・ド・ボジョレに移った。「レ・フレール＝プロヴァンソー」の料理の値段は「ヴェリ」や「ロシェ」よりも控えめでありながら、その質は劣っていなかった。バルザックはあまりこの店にこだわることなく、登場人物として送り込むのも、フェリックス・ド・ヴァンドネスの両親や、セザール・ビロトーの破産の原因をつくる卑しい似非《えせ》銀行家クラパロンといった嫌な人物に限っている。すばらしいレストランではあったのだろうが、バルザックのガイドでは「レ・フレール」は名誉ある星を獲得することはなかった。とはいえ、この店は長く続き、『感情教育』のアルヌーも、以前より料理

『浮かれ女盛衰記』　ニュシンゲン男爵から金を騙し取ったあとで、「しびれエイ」ことエステルが自殺してしまったことから足がつき、ヴォートランとリュシアンは殺人の容疑を掛けられる。ヴォートランは言い逃れるがリュシアンは獄中ですべてを告白し、二人は事件を認めることになる。

ブイヤベース　魚介類をふんだんに使ったスープ仕立ての南仏料理。

ブランダード　南仏料理のひとつ。干しダラをすりつぶし、生クリームや牛乳、オリーブオイル、ニンニクと混ぜて煮たもの。

フェリックス・ド・ヴァンドネス　十六頁参照。

セザール・ビロトー　『セザール・ビロトー』の主人公で、香水商。土地投機の話を持ちかけられるが、そこに共同所有者の名義として名が挙っているのが、先述した自称銀行家のクラパロン（四九頁参照）である。

に丁寧さが欠けていると不満に思いながらも、一八四八年の時点まで通っている。だが、バルザックはとりわけパレ＝ロワイヤル界隈をあまりよく思っていなかった。

一八三〇年から、最先端をいく若者たちはパレ＝ロワイヤル界隈から離れていっているような印象を受ける。たとえば「グリニョン」などではいまだに昼間の会食がおこなわれていたが、そうした人々はエレガントというよりも見栄っ張りで、いつも最後には酔っぱらっていたものだ。これは、近隣の人々にとってはまさに悪い兆しである。十八世紀の間は、店やカフェ、賭博場、売春宿が並ぶ回廊によって「悦楽とビジネスの腹」であったパレ＝ロワイヤルはすっかり不快な場所となってしまい、場所によってはうらぶれた様子にすらなってしまっていた。エステルは、少しの間、その地区の「細く、暗く、ぬかるんでいて、夜になると神秘的でコントラストに満ちた様相を呈する」ラングラード通りに住んでいる。『ガンバラ』の中で、バルザックはフロワマントー通りをぶらつく主人公を描いている。そこは「汚く、暗い上に人通りも少なく、衛生的なパレ＝ロワイヤルのそばで警察が見逃してやっている、ある種の掃き溜めであった。それはイタリア人の使用人頭が、ぞんざいな使用人たちに、家のゴミを階段の隅に積ませておくのと同じだった。青年は躊躇した。それはまさに、晴れ着をきたブルジョワの女が、にわか雨で嵩《かさ》の増した川の前で首を伸ばしているような格好だった」。

ここで「ブルジョワ」という語が使われているのは偶然ではない。パレ＝ロワイ

エステル　五四頁参照。『幻滅』のリュシアンの恋人だった時は、売春宿に住んでいた。

『ガンバラ』　四四頁参照。

ヤル周辺によどむ羞恥心のなさや悪徳は、力を強めていくブルジョワの好むものではなかったのだ。

それ以後、「(ときの人ともいえる) あらゆる著名な人物が少なくとも日に一度は通るのは」、イタリア大通りであった。新しい地区について書いた記事の中で、バルザックは熱意をこめて次のように書いている。「今日のパリにとって、ブールヴァール(大通り)というのはヴェニスの大運河、ローマのコルソー、ウィーンのグラーベンのようなものである。知性の自由がそこにあり、人生がそこにある」。

イタリア大通りは、ラフィット通りの角にある「アルディ」やル・プルチエ通りの角の「リッシュ」「カフェ・ド・パリ」や「カフェ・デ・ザングレ」など、大きなカフェが好んで店を出した場所である。それらはもちろんレストランであったが、パレ=ロワイヤルの過度に美食にこだわった偉大な伝統ある店よりも、気楽な新しい流れがあった。食事よりもしゃれているかどうかが優先されたのだ。「カフェ・デ・ザングレ」の食事は美味しかったが、そうしたカフェに人々が向かうのは美味しい夕食をとるためというより、人から見られるためであった。しかも「カフェ・デ・ザングレ」には、二十二の個室があって使いやすかった。デルフィーヌ・ド・ニュシンゲンが、そこで前菜をとっていることは驚くにあたらない。彼女はそこで、ラスティニャックのために準備した個室に夕食を届けさせている。数年後、ラスティニャックは、「カフェ・デ・ザングレ」の常連になり、この店に、獅子の中の獅子、

コルソー　イタリア語で「大通り」「メインストリート」を指す。

グラーベン　ドイツ語で「堀」を意味する。ウィーンでは外堀が埋められて大通りになった。

デルフィーヌ・ド・ニュシンゲン　ゴリオ爺さんの娘で、ニュシンゲン男爵(八九頁参照)の妻。

ラスティニャック　デルフィーヌの愛人。ラスティニャックはヴォケールの下宿屋に住み、ゴリオ爺さんやヴォートランとは知り合い。のちに政治の世界に入る。

アンリ・ド・マルセーと一緒に頻繁に来ている。「カフェ・ド・パリ」は、料理は明らかに劣っていたが、その装飾は凝ったものであったし、調度品は気の利いたもので、食器類はつねに輝いており、若い資産家たちのお気に入りの場所だった。彼らは好んでこの店に立ち寄っていた。

〈人間喜劇〉の中には、ある一軒の大きなカフェが抜け落ちている。給仕係が大型ビュッフェの前に立ち、長いフォークを使って、客の指示した冷たい料理を取ることから、「フォークで食事を押しつける店」と呼ばれた「アルディィ」である。実際、革命期にこの店が開店した頃、オーナーのアルディィ夫人は温かい食事を出していなかった。独り者の男性客が、十一時から牡蠣や臓物、加工肉、パテを食べていたのである。おもしろいことに、サラダを出すことは許可されていたのに、野菜を出していなかった。デザートにはクリームやシャルロット、アイスクリームがあった。

その後、帝政時代には昼食がより重要な意味を持つようになり、アルディィ夫人は商品をずらりと並べたビュッフェの前に大きなグリルを置き、メートル・ドテルが会食者の前で、パン粉をまぶした足肉のトリュフ添えや腎臓、ササミを準備し、「地獄の炎」、すなわち口をもぎ取るような塩や胡椒の層で覆って出していた。このスタイルで帝政時代に大きな成功を収めた「アルディィ」だが、たいへん残念なことに、レストランのように夕食を出すことはなかった。アルディィ夫人の引退にともな

アンリ・ド・マルセー 『金色の目の娘』の主人公。五二頁参照。ラスティニャックとマルセーは友人で、ラスティニャックの下で政務次官を務めて、政界に入る。

シャルロット 型の内側にフィンガービスケットやスポンジなどを張り、その中にリンゴなどの果物のジャムやババロアを詰めたケーキ。

い、店は王政復古時代にその重要性を失ってしまった。店が「メゾン・ドール」という名前で復活するのは何年もあとのことで、そのごちゃごちゃした店には高級娼婦が頻繁に足を運び、招かれたブルジョワ女は不愉快になるという場所であった。

その頃から、若い人たちは昼食をとりわけ重要な食事と考えていた。食事は非常に充実したものになっていたとはいえ、上品であるためには、食事をとるのにあまりまじめすぎない必要があった。

ラ・モード誌に載った記事の中で、バルザックは昼食には優雅に乱雑であることを推奨している。昼食でエレガント過ぎるふるまいを見せるのは、もっとも下品なことなのである。『そうとは知らぬ喜劇役者たち』では、仕事の旅行でピレネー＝ゾリアンタルからパリにやってきたレース製造業者のシルベストル・ガゾナルが、従弟で今をときめく画家のレオン・ド・ロラから昼食に招かれる。田舎者のガゾナルは、フリルのブラウスに金ボタンつきの鮮やかな青い服、それに白いジレを着て黄色い手袋を身につけるという、場に合わない格好をしてしまう。さらに悪いことに、早すぎる時間に到着するというヘマをやらかす。メートル・ドテルが昼食は十一時から十二時の間にとり始めるのだと教え、パリでは十時に食事をとることなどお笑いぐさなのだと彼に気づかせている。当然、ロラと、その友人で諷刺画家のビジウは十一時半に、ガゾナルによれば、「とるに足らない格好」でやってきた。彼らは「すさまじい量の昼食をとり、六ダースのオーステンデの牡蠣、コートレッ

シルベストル・ガゾナル　『そうとは知らぬ喜劇役者たち』の主人公。訴訟のためにフランス南部からパリに来ている。

レオン・ド・ロラ　ガゾナルの従弟。豪華な昼食にガゾナルを招いたあと、訴訟のためになると言って、ガゾナルをうさん臭い人物たちに会わせる。

ジレ　主に礼装用に着る男性の胴衣。ベストのこと。

ビジウ　レオン・ド・ロラの友人。パリでガゾナルを連れ回す。

トのスービーズ風を六枚、マレンゴ風の鶏、オマール海老をマヨネーズで、グリンピース、キノコのクルート、それにボルドーワインを三本、シャンパンを三本、それにコーヒー、リキュール、その他にオードブルも頼んでいた」。

ガゾナルは、食事の内容よりも、支払いで渡した金貨の数に驚かされた。彼は給仕係に渡した三十スーのチップ（職人の日当に相当する）にも気づき、地元に帰ってから友人たちにそのことを伝えている。

少なくともバルザックの時代には、「カフェ・リッシュ」の客は、もう少しきっちりしていた（三十年後、ゾラの作品では、ほろ酔いの高級娼婦たちが個室のガラスに品のない言葉を刻んでいる）。われわれは、当時の版画から、この大きな店をイメージすることができる。大きな調理場の隅にはロースト専用の場所があって、六本の串焼きを入れても余裕があった。別の隅には食品棚があって、ウサギやヤマウズラ、キジが吊るされていた。中央にはカマドがあり、その前では十二人以上の料理人が仕事をしている。オマール海老や魚が入った生け簀の前に長テーブルが二つ並べられており、デザートをつくるパティシエや皿を準備する給仕係が使っていた。すべての壁には皿や瓶のための棚があり、床にはアンチョビやサーディン、ピクルスの樽が置いてある。奥につけられたフックにフライパンや鍋が掛けられている。こうしたなかで、黒い服を着た重々しい様相の三人が、メートル・ドテルたちの流れを指示している。「リッシュ」に行くのは、「アングレ」や「カフェ・ド・パ

スービーズ風　美食家のスービーズ元帥に由来し、タマネギやタマネギのピュレを使ったソースとともに供される料理のことを指す。

マレンゴ風の鶏　鶏を炒めて、白ワインで煮た料理。

キノコのクルート　パンの白身に溶かしバターをかけてオーブンで焼き、バターで蒸し煮したキノコをのせた料理。

リ」に気取り目的で行くようにではなく、食べるため、それもそこでの習慣になっているように、早く食べるためであった。

『田舎ミューズ』のあまり金のないジャーナリストのエチエンヌ・ルストーは、彼とパリで一緒になるために城と男爵の夫を捨てたディナ・ド・ラ・ボードレーと少しばかり不本意ながら一緒に暮らすことになる。彼は、この男爵夫人が喜びを得るためにかかる法外な金額を知ることになるまで、「リッシュ」の個室で毎晩食事をしている。

「ねえ、あなた」とディナはルストーに言った。「暮らしのことでは何も犠牲にしないで、小説を書き上げてくださいな。文体を磨いて、主題を掘り下げて。わたし、ずいぶんとご夫人然としていたわね。これからはブルジョワジーのようにして、家事だってすることにしますわ」。

「でもね、レストランで金を取られるのも、料理女から金をくすねられるのとでは、たいした違いはないよ」とルストーは答える。

こうしてディナは男爵夫人から主婦となったが、それがかえって悪い結果をもたらした。ルストーにとっての彼女の魅力は失われてしまったのだ。安価なレストランになるのはしかたがないにしても、外で夕食をとり続けたほうが良かったのだ。

エチエンヌ・ルストー　文人でパリに住む。『田舎ミューズ』では、出身地サンセールのある邸宅に招かれている。彼を招いたディナ・ド・ラ・ボードレと関係を結んだ。

ディナ・ド・ラ・ボードレ　パリに戻ったルストーを追って上京する。ディナはルストーの子を身籠っていた。その頃、ルストーには別の女性と結婚の話があったが、ディナのために破談になる。ディナとの同棲生活の中で、ルストーは虚栄心からディナを洗練された女に育て上げようと金と時間を費やす。

知名度は低くよりエレガントさが劣るとしても、わざわざ寄るに値する美味しい店はパリではこと欠かなかったのだから。

レストランはこのように大発展を遂げ、社会的に重要なものになり、今日われわれが見るように、町中のあらゆる地区に広がっていった。バルザックはパリの町を散歩することが好きだった。看板を調べて登場人物の名前や小説のアイデアを見つけるという言いわけをしては、長々と散歩する。バルザックにつきあった時のことをレオン・ゴズランが記している。四時で止まっている時計の文字盤が彼の注意をひく。タンプル大通りとシャルロ通りの角に位置するレストラン「カドラン・ブルー」の看板であった。いわゆる中心街からは遠かったが、そんなことは問題にならない。「カドラン・ブルー」の食事は評判が良く、ここに集まる客は、楽しみのためなら多少の出費は厭わない。「カドラン・ブルー」では、長い間、大きな部屋の真ん中にみなが食事をする共同の長テーブルをひとつ置いていたが、その後、個人用のテーブルも二十ばかり足し、十八部屋の個室も取りつけた。『ゴリオ爺さん』や『浮かれ女盛衰記』に出てくるヴォートランが通ったのはこの店で、彼は、かの名高い下宿屋のでっぷりとしたおかみさんのヴォケールを連れてきてはキノコのクルートを食べていた。おかみさんはコルセットを締め、おしゃれをして、当時流行のレストランであった「ブッフ」の看板を思わせるような格好をしていた。

『従兄ポンス』の不吉な管理人で抜け目ないシボ夫人が「美しい牡蠣剝き」の名

ヴォートラン　五四、五七頁参照。

従兄ポンス　かつては著名な音楽家だったが、現在は友人のシュムッケと一緒に住み、しがない生活をしている。

シボ夫人　ポンスとシュムッケが住む家の管理人で、二人の食で知られていたのも、この「カドラン・ブルー」でのことである。タンプル大通りは、当時「パルティー・フィヌ」と呼ばれていた、あけっぴろげな夜会が売り物であった。若者がこの夜会に行く時は必ず誰かと連れだって行った。

バルザックはさらに遠く、クリシーの際《きわ》まで足を伸ばす。革命以前にできたある居酒屋だが、一八一四年にロシアに抵抗したモンセー元帥が司令部として使ったことで有名になったのである。ブルボン王政が復古すると、社交界の人々もこの居酒屋へ足繁く通い、民衆やそこで働く人たちと場を共にした。この店の食事は美味しかった。その証拠としてバルザックは、この店を常連にするサン＝シュルピスの物乞いを挙げている。その物乞いは、他の物乞いと同様、朝から晩まで物乞いをするが、その金を貯めてから店に来ていたのである。

パリの人々が好んで行く場所として、「カタコンブ」があったが、この店は客に対してぞんざいだった。レストランというのはほとんど階上にあったが、その奇妙な店は一階にあり、あるイギリス人が管理していた。「カタコンブ」はジャガイモやカブ、ニンジン、インゲン豆をつけ合わせたローストビーフのみを出していた。一日に一度しかクロスを取り替えないテーブルには、客が食べ屑を払うためのブラシとワインの小瓶がのっていた。すべての料理が同じ値段だった。バルザックは作品の中で、ある書記官をその店に向かわせ、毎日二十スーで食事をさせているが、それも当然のことだった。それぞれの客が出る時に二十スーをレジで払い、女中に

事も準備する。かつてレストランで牡蠣剝きの仕事をしていた。

パルティー・フィヌ　洗練され、趣向をこらしたパーティーのこと。

クリシー　パリの北西に位置し、パリ市街と外との境界になっていた。

チップを渡すものは誰もいなかった。そもそも、女中はすべての客に対して等しくひどい扱いをしていたのだ。店の主人もあまり愛想がよいわけではなく、苦情も要求も受け入れなかったことを言っておかねばなるまい。

また、シャトレ広場には下級官吏やピエ・ド・ムトンを好むものたちが集まる「ヴォー」がある。

「シュヴァル・ルージュ」には、特別にページを割かねばなるまい。この店はきわめて平凡であまり目を引くものではなく、おもにこの店に行くのは、秘密を漏らしそうな人物たちから目撃されたり、話を聞かれたりしたくない時だ。秘密を守るのは、そう容易なことではない。レストランでは、たとえ個室で小さな声で話していたとしても、常に見られたり、話を聞かれたりする危険があるからだ。そのため『プチ・ブルジョワ』の中で、悪事をたくらむセリゼとテオドーズが打ち合わせをするための店として、熟考の末、ラ・トゥルネル通りの「シュヴァル・ルージュ」に決めるのだ。夜の七時にそこに行けば、誰にも会うことがないという確信があったのである。バルザックは「シュヴァル・ルージュ」のことをよく知っていた。

一時的にだが、バルザックは自分のために好意的な批評を用意してもらえることを期待して、ジャーナリストたちと秘密結社を組織しようという考えがあった。しかし、そのためにはどこか隠れた場所にグループを集める必要があった。バルザックの友人ゴズランが語るには、陰謀家たちは四時頃にパリ植物園に集まり、そこ

ピエ・ド・ムトン　羊や仔羊の脛より下の足の部分を指す。ゼラチン質が多く煮込みに使ったり、骨を抜いて詰め物をしたりする。

『プチ・ブルジョワ』　プチブルのチュイリエ家を描いた未刊の小説。

セリゼ　書記課謄本係。貧しい人を相手に高利貸しをしている。悪事にかけては手慣れた男。

テオドーズ　プチブルのチュイリエ家を騙して、その財産を奪おうとしている。セリゼはテオドーズの悪事をあと押しする。

から一緒に夕食を食べに、バルザックが見つけた近くにあるレストランに向かう。つまりグループがバルザックについて行くのである。バルザックはゆっくりとオ・ヴァン通り、トゥルネル橋の前で立ち止まった。ゴズランはこう語る。

立ち止まったところで、わたしにはレストランの影もカフェの姿も見えませんでしたが、まるで郊外にあるワイン屋のような、ひっそりとした何かがありました。頭を上げると〔中略〕目につくのは、せま苦しい一軒家の三階の高さのところで見えなくなっている、漠然とした看板のみです。その看板に、〔中略〕わたしは赤く塗られた車引きの大きな馬が後ろ足で立っている姿を認め、その蹄の下には「シュヴァル・ルージュ」の文字がありました。〔中略〕わたしたちが入った客間、というよりは部屋は、看板の粗雑な品のなさに見合ったものです。それは中庭の奥の、井戸と空樽屋の間にある納屋でした……この店を初めて訪れた日、われわれ赤い馬《シュヴァル・ルージュ》たちはひどい夕食を食べたのです。

「シュヴァル・ルージュ」の話を始めたので、あきらかに星がつかないような店、学生のためのレストラン、二フラン以下で食事がとれる店の話をすることにしよう。これらの店では、ブルジョワの様式――つまりメニューには、選ぶことができる料理と、しかるべきテーブルで食事をすることが前提となっている様式――が、

わずかな金額で提供されていた。そのため、無駄遣いにはうるさい従妹ベットでさえ、独身者にとってレストランで夕食を食べるのは手頃なものだと考えている。

ブリヤ=サヴァランは、多くのレストランは、プチブル、学生、軍人、雇われ人、あるいは外国人といった客がたくさん来ることが、しっかりして安価な料理を提供する努力が認められている証《あかし》であると理解していた。そうした客層には、あまり高くない肉を適切な調理法で料理すれば充分で、仔牛よりも牛肉、ロースよりもモツ、ヒラメよりもニシンやサバ、タラ、エイでよく、ジビエではなく串焼きやヴォライユを出し、アスパラガスやイチゴの代わりにニンジンやカブ、リンゴが使われた。『幻滅』のリュシアンはパレ=ロワイヤルの「ウルバン」で四スーの夕食を食べる羽目になって悔しがっているものの、こうした店の大部分は完璧に客の希望にかなったものであった。

バルザックはサン=トノレ通りの裏手にある「タバール」の名も挙げている。ここはジャーナリストのフィノが「ボロ靴をひきずって歩き、その服が身体に引っかかっているのは聖母受胎と同じくらい不可解な奇蹟と思われるような(『幻滅』より)」駆け出しの頃に通った店だ。

こうしたレベルの店では、カルチェ・ラタンの大きなレストランの「フリコトー」がもっとも巧みに、もっとも長く描写されている店である。バルザックにとって、思いがけない出会いの場となるレストランは、物語を展開するのに役立つ場所でも

フィノ 『幻滅』など複数の小説に登場する人物。文学から新聞業界へ転身し成功を収める。リュシアン・ド・リュバンプレは、フィノの新聞で執筆することになる。

ある。「フリコトー」とヴォケールの下宿屋——これについてはのちに述べる——がそのもっともよい例だ。

「フリコトー」の入り口はソルボンヌ広場に面しており、ヌーヴ゠ド゠リシュリュー通り（この通りはサン゠ミシェル大通りが通る時に姿を消した）の角にあった。窓の前をたえず通り過ぎる学生たちに見えるものは、藁を詰めたキジではなく、干プラムの甘煮が入ったサラダボールと六リーブルの大きなパンであった。店の主人は夢を与えることもなく、客の胃袋を満足させるより目を楽しませることに金をかけたりもしない。二つの長い部屋が直角に配置されていて、その簡素な感じはどこか修道院を思わせた。常連客や客の大多数は、月ぎめで雇われている若者たちで、彼らのいつもの席の前には、「前に使ったナプキンが番号の打たれた金属のナプキンリングに通して」置かれていた。当初、ナプキンは日曜日にしか交換しないものだったが、のち商売敵に対抗するために週に二度交換することになった。人間とはつつましやかなものであった。この店で出されていたのは「ワインの小瓶またはビール一瓶、三つの料理で構成された十八スーの夕食で、二十二スーになるとワインが一瓶つく。若者たちの味方であった『フリコトー』が莫大な財産を築くことができなかったのは、おそらく商売敵の宣伝に混じって、大きな文字で『パンはご自由に』と印刷されたひとことの広告のせいだろう。つまりパンが食べ放題だったのだ。これまでの数多くの栄光がフリコトーの食事で養われたといえる」（『幻滅』より）。

若者たちは早食いで、仕事の量の割には人数が少ない給仕係たちは、いつもの定食を素早く運んでいた。

食事の種類はあまり豊富ではないが、ジャガイモが足りなくなることはなかった。たとえアイルランドにジャガイモがひとつもなくなり、いたるところで不足しても、「フリコトー」にはあるだろう。三十年来、この店では、ジャガイモはティツィアーノの好んだブロンド色に刻んだ緑の野菜がふりかけられて出された。その美しいブロンド色を女たちは羨望するばかりだった。一八一四年にあったものは、そのまま一八四〇年にもあることだろう。この店のメニューにある羊のコートレットや牛のフィレは、「ヴェリ」のメニューにあるライチョウやチョウザメのフィレと同じように、朝のうちから注文しておかないと食べられない特別な料理だ。牛肉は牝のものが幅をきかせていて、仔牛は、手を替え、品を替えして出される。「フリコトー」では、大西洋側でとれたタラやサバが飛び跳ねる。ここではすべてが農作の移り変わりやフランスの季節の気まぐれと結びついている。人々はここで、金持ちや自由人など自然の推移に関心がないような人が気がつかないようなことを、いろいろと知るのである。カルチェ・ラタンに引きこもっている学生も、インゲン豆やグリン

ティツィアーノ 十六世紀イタリアの画家（一四九〇頃〜一五七六）。華麗な色彩が特徴で、代表作に『ウルビノのヴィーナス』や特異な色調の『ピエタ』など。

ピースがいつ旬なのかとか、レ・アールにキャベツがあふれている季節とか、どんなサラダ菜が出回っているとか、ビーツは不足だったかとか、ここに来ればそういった時節についての正確な知識が得られるのだ。リュシアンがこの店に来た時には、言い古された悪口が繰り返されていた。牛肉のステーキが出てきたのは、馬が頻繁に死んだからだというものだった。

リュシアン　四五頁参照。

バルザックは客を観察しながら、「フリコトー」に関する余談を長々と続ける。他に引き合いに出されるレストランとは逆に、「フリコトー」に人々が行くのは、楽しむためでも、他人を観察するためでもなかった。この作家にとっては、それがロマン主義の新しい世代を描く機会となった。

パリのレストランで、この店ほどみごとな光景を見せる店は少ない。ここにあるのは、若さと信念、陽気さで支えられている貧困だけである。同時に、情熱的で真剣な表情、心配そうで暗い顔も見ることができる。みな服装はぞんざいで、常連がちゃんとした身なりでやってくると、すぐに目につく。そうした特別な服装が何を意味するか、誰もが知っている。恋人が待っているとか、観劇に行くとか、上流社会をうかがうとかである。〔中略〕とはいえ、テーブルの同じ場所に集まった同郷出身の若者たちを除いたら、たいがいそこで夕食をとる者たちは重い表情で、なかなか打ち解けようとしない。おそらくワインに含まれるカトリック的な要素が、あけっぴろげになることを妨げているのだろう。「フリコトー」に足繁く通った者なら、陰鬱で謎めいていて、じつに寒々しい貧しさの霧を纏《まと》った人物たちを何人も覚えていることだろう。この連中は二年間ここで夕食をとり続け、いつのまにか姿を消してしまった。好奇心の強い常連の目にもこうしたパリの妖怪の正体はわからないのだ。「フリコトー」で結ばれた友情は、近くのカフェのリキュールの効いたパンチで燃えあがる気分やグロリアと讃えられたコーヒーなどで活気づく熱気によって、さらに強まることが多い。

バルザックはこう皮肉っているが、もっとも貧しい田舎の学生たちは、普段実家で出てくるものと較べて、「フリコトー」では贅沢な気分になる。この田舎出の貧しい若者たちは、ラスティニャックが田舎で食べていた栗のお粥を想像して嫌な気分になるヴォートランと意見をともにするのである。

しかしながら、バルザックが「フリコトー」の学生の姿をあまり描写していないことも指摘しなくてはならない。「フリコトー」は大学の学食ではなく、作家や文無しのジャーナリストにとっての集会所を思わせる。『幻滅』に出てくる小さな一団は、メンバー全員が「フリコトー」で待ち合わせをしている。「フリコトー」に

パンチ　紅茶に砂糖や蒸留酒などを加えた飲み物。

グロリア　コーヒーにラム酒、ブランデーなどの蒸留酒と砂糖を加えた飲み物。

ラスティニャック　五九頁参照。フランス西部のアングレームからパリに出てきて、ヴォケールの館に住んでいる。リュシアン・ド・リュバンプレ（四五頁参照）とは同郷。

ヴォートラン　五四頁参照。ラスティニャック同様、ヴォートランもヴォケールの館に住んでいる。ラスティニャックを脅し、リュシアンの兄弟のようにふるまうように命じている。

集うのに気兼ねはないし、この店では厄介ごとなどなにも起きそうにない。
「フリコトー」にはリュシアンの姿もみられる。女に見捨てられ、二百四十フランしか所持金がなく、ソルボンヌのすぐ近くのクリュニー通りにあるひどい宿屋に身を寄せたリュシアンは、毎晩「フリコトー」で夕食を食べていた。その店で出されるすべての料理の中から自分が好きな食事を選びたい人は、まちがいなく早い時間から店にきている。四時半にはテーブルについていたリュシアンはすぐにそれを悟った。用心深いリュシアンは、カウンター近くの二人用の小さいテーブルを選ぶ。店の主人と知り合いになるためで、そうしておけば、金に困った時に都合がよいと考えたからだ。その席で、目の前の青白く見目の良い青年に気を留める。一週間後、二人は会話するようになり、リュシアンはカウンターのおかみさんから、この新しい友人エチエンヌ・ルストーは、無名の新聞で文学演劇批評を書いているということを知らされる。ルストーは金ができるや姿を消し、リュシアンはルストーに追いつこうと、町での無駄遣いをやめようとするのであった。
　厳格な——濾過《ろか》された水が入ったカラフがテーブルに置かれていることからわかる——才人である若き作家のダニエル・ダルテスにリュシアンが近づいたのも、「フリコトー」でのできごとであった。ダルテスの友人たちはビアンション、ブリドーそれにミシェル・クレチアンを含め、才能と同様、その感性においても他の人間とは違っていた。これ以降、「フリコトー」はレストランとしてよりも、リュシアン

エチエンヌ・ルストー　六三頁参照。『田舎ミューズ』に出てきた文人ルストーは、『幻滅』の中でリュシアンとフリコトーで出会った時、小さな新聞の編集者で演劇評論を担当していた。のちフィノの設立した新聞の編集長になる。

ダニエル・ダルテス　五六頁参照。

ビアンション　医学を学ぶためにパリに来ている。

ブリドー　のちに偉大な画家になる。

ミシェル・クレチアン　ダルテスを中傷した記事を書いたリュシアンと決闘する。

があるグループから別のグループへと飛び回り、最後にはダルテスを裏切ってしまうことになる劇場の一場面として描かれることになる。

　本当に貧困にあえぐ学生たちは、「フリコトー」に足繁く通えない。彼らがいるのはカルチェ・ラタンの安食堂だった。そこでは閉店の頃には残飯がすべてのテーブルを覆い、給仕係たちが隅っこで眠り、「料理とオイルランプとタバコの匂いが、人気のない部屋に充満していた」（フロベール『感情教育』より）。

　貧しい学生はまた、サン＝ジャック通りの東側、ソルボンヌというよりパンテオンに近い下宿屋にもいる。『ゴリオ爺さん』にあるように「そこでは馬車の音でさえひとつの事件となる。家はどれも暗くじめじめしていて、壁は牢獄を思わせた……そこにあるのは賄い付きの素人下宿屋か困窮や倦怠ぐらいである」。この作品の主要人物たちが出てくる下宿屋ヴォケールがあるのは、このあたりだ。

　ヴォケール夫人が下宿人たちに用意する夕食とその食堂のことを考えたら、それだけで「フリコトー」での食事は夢のように感じられるだろう。彼女は月に三十フラン支払っている十八人の下宿人たちを長テーブルの周りに集める。特別に頼むものは高くつき、蒸留酒にコーヒーを加えたグロリアを飲むという栄光を得るためには、月に十五フラン必要だった。ピクルスとアンチョビが、もっとも一般的な下宿人たちのお決まりの食事だった。テーブルクロスがないだけでなく、しみがついたりワインで汚れたりしているナプキンは一週間使われ、テーブルはべたべたしてい

下宿屋ヴォケール　一九頁参照。

た。もっとも多く出されたのはアリコ・ド・ムトンで、それはヴォケール夫人がお気に入りの（そしてかつてアルパゴンが褒めた）料理のひとつであった。アリコテした、つまり細かく刻んだ、質の悪い肉でできていて、ニンジンとカブがつけ合わせてあり、庶民料理のレパートリーの中でも、もっともコストのかからないもののひとつであった。残り物はかならず翌日も使い回され、ジャガイモが添えられる。梨はできる限り安いもので、たいがい腐っていた。カシスを食べると下痢になり、焼き菓子にはカビが生えていた。

ただひとつ驚くべきことは、ワイン蔵には、ヴォケール夫人が十二フラン払って買ったラフィットやシャンパンがあったことだ。しかも普段から置いてあったのだ。彼女は瓶の底を補強することに気を使い、その瓶を再びワインで満たしていた。

下宿屋ともっとも安いレストランの大きな違いは、逃れることのできない雑多な雰囲気と、知的な会話がないことである。テーブル周りの、ひどくうるさい不快音声の繰り返しが下宿屋のおぞましさをつくっていた。ラスティニャックはある日下宿から逃げ出し、気品ある従妹のボーゼアン子爵夫人のところを訪れる。彼女はラスティニャックを昼食に引き止めるが、彼は夕食には下宿に帰らなくてはならず、その落差が彼を打ちのめすのであった。

アリコ・ド・ムトン　羊の肉と野菜を煮込んだもの。刻んだベーコンやタマネギ、羊のばら肉などでつくる。

アルパゴン　モリエールの『守銭奴』の主人公。金に対する異常なまでの執着心から、吝嗇の代名詞になっている。

ラフィット　ボルドー地方のワインで、質の高さに定評がある。

ボーセアン子爵夫人　パリの社交界の中心人物のひとり。ラスティニャックの大伯母と縁続き。

ヌーヴ=サント=ジュヌヴィエーヴ通りに到着するや、彼は部屋へと駆け上がり、降りてきて御者に十フランを渡した。そして吐き気を覚えるいつもの食堂に入ると、秣棚《まぐさだな》で餌を食べる動物のように十八人が集まって飯を食んでいるところを目にしたのだった。この悲惨な光景や部屋のありさまに恐れをなした。あまりに急激な移り変わり、あまりにはっきりとした対称に、いやがうえにも彼の中の野心が掻き立てられた。一方には、世にもエレガントな社交的な生活の新鮮で魅力的な場面に、生き生きとして技巧と華やかさのすばらしさに囲まれた若々しい姿、詩情にあふれた情熱的な顔立ち。もう一方には、泥で縁取られた不吉な画面、欲情が筋と顔を動かす機能だけを残した顔つき」。

（『ゴリオ爺さん』より）

バルザックの小説には、あらゆる種類のパリ市民が登場している。ではフランスの他の地方はどうだろうか。選べるものはとたんに少なくなる。パリの外では、近代的な意味でのレストランはない。たとえパリの近くであっても、サン=クルーでは、前菜、ロースト、ヴォライユ、アントルメといった本当の昼食をとるのは不可能である。

ある日、バルザックと友人のゴズランがサン=クルーを散歩している時、空腹を覚え、一軒の宿に立ち寄った。羊のコートレットを二皿とエペルランが黄金色の山

サン=クルー　パリの西に位置する町。

エペルラン　十一頁参照。小さな海水魚で、主に衣揚げにしてレモン汁をかけて食べる。

をなして出てきたが、二人のお腹はまだ満たされていなかった。残念なことに羊の腿肉や鶏肉のフリカッセ、仔牛のフリカンドもなかった。「スフィンクスはあるかい？」とゴズランが給仕係に聞くと、給仕係は驚き、調理場に聞きに降りていった。「スフィンクスだって？　本当にスフィンクスかい？」とバルザックは尋ねる。するとゴズランは答える。「ああ、サン＝クルーの店でパリの昼食を見つけようとするのは、スフィンクスを頼むのと同じようなものさ」。給仕係は再び上がってくると、「残念ながら、スフィンクスは売り切れてしまいました」と言った。

田舎では、旅行者は宿屋の主人たちのところへ行くことになる。その主人たちは「不朽のセルバンテスから不朽のウォルター・スコットにいたるまで、あらゆる小説家の作品にみられる、お決まりの人物だ。こうした人物たちは料理に自信を持っていて、どんなものでも客に出す。しまいにはガリガリに痩せた鶏やら味のきついバターであえた野菜まで出したりしないだろうか。自家製のすばらしいワインをお勧めし、地元のワインを飲ませようとする」（『浮かれ女の盛衰記』より）。

そうした宿屋はつねに、その小さな町で最良の店である。というのも、その店しかないからだ。『農民』に出てくる「イ・ヴェール」のブルゴーニュのビュッフェスタンドは、料理上手のトンサール夫人が切り盛りしているが、彼女は客が酒を飲むように仕向けるため、香辛料を強く効かせた料理しか出さない。田舎では良い食事にありつくためには、招待されねばならぬ。これは十九世紀を通じての真実であり

フリカッセ　鶏や仔牛、仔羊を炒めてから煮込み、バターや生クリームを加えてつくる。
フリカンド　五三頁参照。

ウォルター・スコット　スコットランド生まれのイギリスの作家（一七七一〜一八三二）。代表作は歴史小説でロビン・フッドが登場する『アイバンホー』。

トンサール夫人　『農民』（二五頁参照）のトンサール一家は、エーグの荘園から利益を得ており、勝手に荘園の森で狩猟をしてそれを売り、荘園から薪を取っている。

ルーアンの有名な「カフェ・ノルマンディー」の大理石でできた生け簀《す》の中のオマール海老が、食通に大事な時間を約束してくれるなどと無邪気に想像するのは、オメーのような田舎薬剤師だけだ。バルザックはレストランに情熱をもっていいたが、彼は真の贅沢や美味なる洗練というものは公共の場では広がらないということもよくわかっていた。

オメー　フロベールの小説『ボヴァリー夫人』の登場人物。

第三章　宴の食卓

バルザックは小説家の中でもっとも現実主義的であるのと同時に、夢想家の中でもっとも激情的な人物だ。そんな彼の想像力を刺激するものに、食卓を思い描くこと以上のものはない。彼は資料で裏づけし、情報を伝え、正確に書き、そして細部にわたるまで描写することに疲れると、魔法の世界へ、たとえば血塗られた卑劣な顔を持ち、どこか不安を与える銀行家のタイユフェールのところへと向かうのだ。

タイユフェールが罪を犯したという過去は『赤い宿屋』の中で明かされるが、タイユフェール本人以外は真相を知らない。『ゴリオ爺さん』では、彼は若きヴィクトリーヌの父、金持ちで根に持つタイプとして登場するが、パリでしかるべき立場立場にいるため、『あら皮』に出てくるような豪華で破廉恥な会食が準備できる。タイユフェールはショッセ゠ダンタンの流行の新地区にあるジュベール通りに住んでいる。彼は有名なパリジャンたち、ジャーナリスト、画家、詩人、政治家を三十人ばかりを招き宴を開き、招待客に、その宴は「現代によみがえったルクルスの乱

ヴィクトリーヌ　タイユフェールの娘で、ラスティニャック（五九頁参照）に恋をする。

ルクルス　古代ローマの軍人。文芸を愛好し、豪奢な生活を送った。美食家として知られている。

痴気騒ぎを凌ぐものであるはずだ」と約束する。タイユフェールの家はとてつもなく豪華で、バルザックはそこに夜会の装飾を植えつけることに楽しみを覚えている。

絹と金が部屋に張られている。おびただしい数の蠟燭をつけた豪華な燭台は、金で飾ったフリーズのきわめてやわらかなディティールや、青銅の繊細な彫刻や華麗な調度の色合いを輝かせている。竹で巧みにつくられた花生けの珍しい花は甘い香りを漂わせている。飾り布はわざとらしさのない優雅さをみせている。すべてのものに何とも言えない詩的な趣があり、その魅惑は金のない男の空想を搔き立てずにはおかなかった。

フリーズ　古典建築で梁にある小壁の部分のこと。絵画や彫刻などの装飾などを施した。

巨大なテーブルが、招かれた客人たちの目の前にあった。

長テーブルの白さは、まるで降り積もったばかりの雪のごとくで、豪奢な光景に各々が賛嘆の声をあげた。テーブルの上には、黄金色に焼けたプチパンをのせた器が対称をなして並べられている。クリスタルグラスの器は、その星のきらめきのような反射の中に虹色の光彩を映しだし、蠟燭は炎を無限に交え、銀色の蓋が被せられた料理の数々が食欲と好奇心を刺激した。

テーブルクロスの白さは、品のよさを示すのに欠くことのできない第一の証《あかし》である。そしてもうひとつ、クロスの長さもその証だ。テーブルの脚の周りにゆったりとかかるクロスを持つことは、贅の極みを意味しているのである。バルザックは、招待客を尊重して「留め金でとめた美しい布に三重にくるんで戸棚の奥にしまっておいた、A、B、C、Dと順に印をしたダマスク織のナプキンや食器（『老嬢』より）」を引っ張り出す地方の食卓を描く時も、洗練された女料理人が、洗濯をする時の水にタイムを混ぜてナプキンに香りづけをする場面でも、あるいは恋人と二人でとるすばらしい食事を「白さが輝くダマスク織のテーブルクロスの上に」深い愛をこめて準備する『フェラギュス』に出てくるパリの場面でも、食事の場面を描く時にはつねに、布の状態や豊かさ、輝きなどについて書いている。

入念に描写された布が人物の背景に気を使っていることを明かしているとするなら、テーブルに置かれた銀のドーム状の蓋は、気前のよさをあらわしている。料理がすべてテーブルの上に並べられているということは、食事が古典的フランス式サービスにのっとって供されるということで、目を見張るこのスタイルでは多くの使用人が必要となる。実際、ヴォライユやロースト、魚や甲殻類それに野菜料理は、同時に、しかもきわめて綿密で複雑なプランに従って左右対称にテーブルに置かれるからだ。

誰もすべての料理が平らげられるとは思っていない（これはまた、パリでいかに

ダマスク織　シリアのダマスカスで発達した、色意図や金銀糸で模様を織った織物。

『老嬢』　フランスの田舎町を舞台にした小説。ひとりの老嬢の財産とそのコネから得られる地位を巡って、町の人々が画策し合う。

『フェラギュス』　パリを舞台にした小説。十三人からなる秘密結社を描いた『十三人組物語』の第一話にあたる。フェラギュスは脱獄囚で、その秘密結社デヴォランのリーダー。

古典的フランス式サービス　ひとりずつ料理が供されるのではなく、テーブルに並べられた料理から各人が食べたいものを自分の皿に取り分けてもらって食事をするスタイル。すべての皿は左右対称に配される。

残り物の取引が盛んにおこなわれていたかを説明するものでもある）。メートル・ドテルがみごとな仕事を成し遂げた時には、その光景はすばらしいものになる。したがってメートル・ドテルは、色のコントラストをつくりだす術《すべ》を知らねばならないし、ジビエが生きていた時のような姿をしているか——身をむき出しにした雉《きじ》は見るに耐えないだろう——知っていなくてはならないし、ローストが詰め物やつけ合わせに囲まれているか気を配らなければならず、魚料理がアスパラガスやほうれん草のムースでできた緑色のベッドの上に横たわっているよう気を遣わなければならない。

田舎の饗宴がとりわけ肉料理や鳥料理を積み上げるものだとするなら、パリの宴は料理の種類が豊富にあることを見せる機会であった。肉や魚や果物や野菜、そしてアイスクリームやアントルメは、味覚と色彩が織りなす交響曲となって互いに結びつき、ひとつの食事となる。七面鳥や詰め物をした鶏を乗せる台座は、まさに建築物と言ってよかった。ラードや羊の腎臓からとった油を混ぜてつくる台座は鳥や魚の姿をかたどっていて、塔や城壁に囲まれ、グリフォンの装飾がついていた。料理の部分と台座の部分を見分けるのが難しいこともしばしばあった。それはつまり、料理の独創性も、味と同じくらい重要なものとされていた。料理の見せ方に悩みの種になるということでもあった。冷たすぎるとソースが固まってしまう。クリームを詰めたメレンゲやプロフィトロールに糸飴が守る形についた、すべてが

アントルメ　一二三頁参照。

グリフォン　古代ギリシアの想像上の生き物。獅子の胴と鷲の頭と翼、蛇の尾をもつ。
メレンゲ　泡立てた卵白に砂糖や香料を加えたもの。
プロフィトロール　小型のシュークリーム。中にはチョコレートやクリームを入れる。

食べられる驚くべき建築物、アントナン・カレームのことばを使うなら「本当にすばらしきもの」であるデザートの大きな飾り菓子と台座の部分は、熱すぎると溶けて流れてしまう可能性がある。

給仕されたテーブルは、絵画のように、卓越した静物画のように美しくなくてはならないが、美食の喜びが、つねに見た目と釣り合いがとれているとは限らない。というのも、食べる本人は、選んだ料理を自分の皿にのせるには使用人に頼らねばならないからだ。使用人の助けがなかったら、テーブルの反対側に料理を並べることはどれほど難しいだろう。つねに皿を移動させることを想像してみるといい。またそれぞれの料理が味わえない、あるいは単に望みの料理が味わえないだけでも感じるいらだちを想像してみるといい。さらに、温かい料理が食べられないということも忘れてはなるまい。こうしたやり方は、完璧に実行できないのであれば、費用がかさむだけでなく、もたついてフラストレーションがたまるものになる。『あら皮』のタイユフェールは、新しい方式、つまり何人もの給仕係がより少ない料理をそれぞれの客の左側から出す「ロシア式サービス」といわれる給仕の仕方（今日でもわれわれの食卓で行なわれている方法）をせず、好んで度を超したり演出したりすることに気を使っていた。

アントナン・カレームは、ナポレオンとロシア皇帝が協定を結んだ時にパリにとり入れられたロシア式サービスをたいへん高く評価していた。この給仕法はまさに

アントナン・カレーム　一九世紀のフランスの大料理人（一七八四〜一八三三）。ロシア皇帝やロスチャイルド家に仕えた。

料理の質をよりいっそう高めるのに役立っていたからである。数年の間、カレームはテーブルに料理を並べても、大きな肉料理には手をつけないという混合型の給仕法を勧めていた。配膳室に前もって別に用意しておき、それを切ってひとりひとりの客に出すのである。

七月王政の時代は、ロシア式サービスはまだ地方には浸透していなかった。エマ・ボヴァリーは、ダンデルヴィリエ侯爵の盛大な夕食に招かれ、長いテーブルに点々と置かれた銀の蓋や、脚を赤くしたオマール海老や羽つきのままのウズラ、トリュフに囲まれたローストや、籠のようなムースに包まれ、段のように並べられた大きな果物が一緒に並べられていることよりも、ご婦人方が手袋をグラスに入れないことのほうに驚いている。侯爵は古くからの慣習をたいへん大切にしていたので、大人数が集まる会では男性は玄関の広間のテーブルに、女性は侯爵と侯爵夫人が取り仕切る食堂のテーブルに集めることにしていたのだ。

このフランス式の大がかりな給仕法は次第に廃れていくことになるが、第二帝政期の終わりまでは名家の象徴としておこなわれていた。『獲物の分け前』では、金持ちの実業家サッカールは出資者となりそうな人たちの目をくらませるために、豪奢な食事を用意している。メートル・ドテルは給仕人を追加して雇い、つかのまの傑作ではあるが、両端が花瓶で飾られ、十に枝分かれした二本の燭台に照らされ、その間にはルルヴェや前菜、オードブルが詰められた貝殻などがのったトレーが対

エマ・ボヴァリー　フロベールの『ボヴァリー夫人』の主人公。田舎育ちで読書を好む。善良な町医者のシャルル・ボヴァリーと結婚。

ダンデルヴィリエ侯爵　シャルル・ボヴァリーが治療を通じて交流を持つことになった人物。エマはダンデルヴィリエ侯爵の舞踏会に招かれ、華やかな生活をかいま見る。

手袋をグラスに入れないこと　酒を断る意思を示すサイン。

『獲物の分け前』　ゾラの小説。実業家サッカールの後妻ルネと、サッカールと前妻の間の息子マキシムとの恋愛を描く。

ルルヴェ　オードブルやポタージュなどの後に出される料理。ルルヴェのあとは、通常ロースト料理が出される。

称をなして並ぶテーブルという傑作をつくりあげた。中央の飾り皿は驚くほど完璧で、炎の噴水のようであった。主人の豊かさと力を強調するために催されるこの種の着席夕食会が成功するかどうかは、とりわけ装飾の華々しさにかかっている。

そもそもバルザックは、演出のすばらしさが宴の食事の主要な部分を構成していることをよく理解していたので、タイユフェールの夕食会では、料理が亡きカンバセレスの名誉となるであろうことと、十九世紀の美食に関してもっとも権威があったブリヤ＝サヴァランが賞賛したであろうということを伝える以外、宴の最中に人々が何を食べたかを記していない。固形物に関しては長々と述べないが、逆に液体のほうに全関心を寄せている。抜け目ないタイユフェールは招待客を酔わせたいと思い、それに成功する。「王族ばりの気前よさで」ワインが出されただけでなく、マディラワイン、ボルドー、ブルゴーニュ、ローヌの「すごい」ワイン、それにルシヨン産の強いワインが次々と早いペースで続くため、人々はそのごちゃまぜに抗《あらが》うことができない。「それぞれが喋りながら食べ、食べながら喋った。酒が次々とでてくることに注意を払うことなく飲んだ。それらの酒が精製されたもので、香りの強いものであるほど、その状態は人から人に伝染していった」。

給仕はとても迅速に、かつ効率的におこなわれるので、招待客たちはデザートが出される時まで、理性を取り戻す間《ま》がなかった。このデザートで装飾が完全に一変する。テーブルクロス自体が姿を消したのである。ここでもまたタイユフェールは昔

カンバセレス　フランスの政治家（一七五四〜一八二四）。アンシャン・レジーム時代は法官として働き、革命後は国民議会議員などを務める。ナポレオンの下では第二執政官として活躍した。美食家として名高い。

マディラワイン　モロッコ沖ポルトガル領のマデイラ島のワイン。発酵過程でブランデーを加えてつくる。

のやり方を好んで、食事をあたかも劇の作品であるかのように扱ったのだ。

劇のそれぞれの幕間には、わずかの時間、舞台が空になる。テーブルも同様で、給仕の合間は完全にむき出しの状態になり、使用人たちが大きな銀製品、陶器、カッティングが施されたクリスタルガラスを並べることによって新たな舞台装飾がつくりだされる。タイユフェールは人気の彫金師トミールのアトリエでつくられた金を張った銅製の大きな皿を選び、その上に「丈の高い人物の像が、ピラミッドのように積まれた果物〔中略〕、驚きを隠せない贅沢品、奇蹟のような焼き菓子、きわめて魅惑的で繊細なお菓子を支えて持ち上げているのだった。こうした食が織りなす色彩は、陶器の輝き、金に輝く布、器のすかし彫りによって引き立てられている。大洋の水がつくりだす房模様とでもいうべき、優雅で、緑なす軽やかなムースが、セーヴル陶器に写されたプーサンの風景画を取り巻いていた。たとえドイツの一王子の財産をもってしても、こんな途方もない贅沢を求めることはできなかっただろう。銀、真珠、金、水晶がさまざまな新しい形でふんだんに使われていた」。

それらが織りなす美しさは、デザートワインの芳香で高揚してしまった客たちには、いかなる効果も生み出さなかった。彼らはみなが一斉に喋り、誰も聞いておらず、返事に微笑むこともなく同じ冗談を繰り返していた。そして最後には「待ちに待った、それでいてなみなみと注がれたシャンパンの刺激に打たれて」、乱暴になるのだ。「果物でできたピラミッドはごっそり持ち去られ、声は激しくなっていき、

トミール 当時パリで名の知られたブロンズ製作師。

プーサン フランス古典主義を代表する画家（一五九四〜一六六五）。

喧噪は大きくなっていった。もはやはっきり区別できる話し声などなく、グラスは砕け散り、不快な笑いが噴射するように起こっていた」。主人たちの卑しさを明確に示すかのように「使用人たちが笑いを浮かべる」瞬間がやってくる。

こんなにもさまざまな才能が集まるのは、食事をすること以上に、会話を楽しむためでもあるだろうが、酔っぱらいや、やりすぎで度を超した言動は、そうした会話の機会を台なしにしていた。

このように荒れ狂う乱痴気騒ぎは、食堂では起きなかった。メートル・ドテルたちがたしかな腕前と機転を効かせて招待客を客間へ誘導するからだ。

規範にのっとっておこなわれる夕食会は、たとえタイユフェールの客たちのように酩酊した場合であっても、三時間を超えてはならない。さっと片づけることがきわめて重要だった。テーブルを飾っている幻想的な寺院や城は、ひとたび砂糖の柱の下にあったデザートがなくなってしまうと、食べるためのものではなくなる。壊れやすいので、できるだけ早く、細心の注意をもって配膳室へ運ばれなければならない。たとえもっとも余裕のある家であっても、そうした寺院や城は、次の夕食会に再利用するからである。メートル・ドテルは食事の最後になると、舞台の装飾に注意をはらう監督へと変身する。

逆にレストランでは、主催者はできるだけ長い時間、飲みものを出すことに気を遣っていた。テーブルの装飾も見せ物のような様相を呈していなかったので、食事の時間は引き延ばされていた。

タイユフェールの乱痴気騒ぎには、明らかに『あら皮』の幻想的なお伽噺《とぎばなし》に通じる魔術的な一面がある。バルザックは、食事を想起させることよりも、彼を幻惑するもの、すなわち、見せ方の儀礼であるとか豪華さにみずから身を委ねている。この作品に限り、バルザックは食事の値段をほとんど気にかけず、――饗宴が二千エキュ、つまり一万フラン以上かかったと、ついでのように言ってすませるだけだ――その饗宴を催すのに必要な努力にも、主人の性格を明かすことにも、まったく注意を払っていない。タイユフェールは主人役だが、読者はなぜ彼がこのような並はずれた食事を出したのか、そして誰が準備したのか、決して知ることができない。


現実を知るために、想像の世界ではなく、社交界の虚栄が倹約よりも優先された一八二〇年のパリの屋敷では、どのように祝典での夕食が考えられていたかを見てみることにしよう。一度財産を手にするや、有力者であるように思わせたがる商人たちは多い。食卓、とりわけ上質の食卓というのは、上り調子であることを示す方法のひとつであった。この頃から、プチブルたちは洗練された夕食会を催すことができる能力によって、自らを判断されるということを意識している。

しかしそうすることに不慣れで、やり方を心得ているものがそばにいなかったら、どのようにすればよいのか。家庭で腕を振るう料理人でさえ、大きな夕食会

『あら皮』の幻想的なお伽噺
『あら皮』は、所有者のどんな願いも叶えてくれる代わりに、その望みが叶うたびに命も縮めていくという皮を巡る物語。

や、ましてや舞踏会のあとの間食をつくり上げることになると、どうしていいのかわからない。バルザックは、仕事をしている偉大なシェフの姿を見たことがなかったのだろうか。彼の小説には、厨房の偉大なる芸術家たちは決して登場しない。たしかにアントナン・カレームの名は挙げている。カレームは、タレーランの厨房で培われた、誰もが認める料理の天才であり、摂政皇太子、ロシア皇帝、ジェームス・ド・ロスチャイルドの有名シェフでもあった。しかしカレームを再現するというよりも、ひとつの象徴として引用しているか、あるいはカレームを参照として使っているのだ。カレームは銀行家ニュシンゲンの夕食を毎週日曜日につくる人物として名を挙げられているものの、その夜会については一度も出てこない。それにバルザックがシェフの存在を示すのは、レストランを開くために不用意に収支をごまかしてしまった『オノリーヌ』に登場するオクターヴ伯爵のシェフのように、醜聞となる盗みをあからさまに行なわせるためか、『村の司祭』に出てくるピエール・グララランがしているように、節約のためシェフとは関わりをもたない人を描く時である。わたしが思うに、バルザック作品におけるパリに住む登場人物たちは、かならずしもシェフを必要としていたわけではない。なぜなら彼らにはシュヴェがいたからだ。シュヴェはあらゆる饗宴の料理にもあらゆる軽い夜食の時にも登場する。ではシュヴェとは何者か。

　シュヴェの店は総菜屋であると同時に大きな食料品店でもあり、またもっとも優

タレーラン　絶対王政期からナポレオン時代、王政復古時代まで活躍した政治家（一七五四〜一八三八）。料理人カレームを見出した。カンバセレスと並んで美食家としても有名。

ニュシンゲン　銀行家で爵位は男爵。ゴリオ爺さんの娘デルフィーヌと結婚するが、「しびれエイ」ことエステルに惚れ込み、そこをヴォートランにつけ込まれる。

オクターヴ伯爵　四四頁参照。高名なオクターヴ伯爵は、行方がわからなくなった妻のオノリーヌを愛し続ける。伯爵の屋敷の住み込み秘書モーリスが、オノリーヌを連れ戻すために奔走する。

ピエール・グララン　リモージュの銀行家。

れた料理人たちが集まったアトリエだった。シュヴェは料理長を探していたナポレオン・ボナパルトにデュナンを紹介し、アントナン・カレームもそのアトリエで学ぶことになる。シュヴェの常連だったバルザックは、店ではもっとも異国情緒あふれる食品を見ることができ、つねに季節の果物が取り揃えられていたので、まるで『両世界評論』の記事や図書館のようだと言っている。シュヴェでは、冬のまっただ中でも、新鮮なナツメヤシやオレンジ、リスボンの南にあるセトゥーバルから船で届いたザクロ、中国の果物などを手に入れることができた。王政復古期には、シュヴェは豪華な生活には欠かせないものとなっていた。シュヴェに不可能はない。アレクサンドル・デュマは三十リーブルのサーモンか五十リーブルのチョウザメのような普段とは違う魚を客に出したいと思ったが、こんな常軌を逸したことをするには充分な金がなく、第一、それらの食材をどこで手に入れることができるのかわからなかった。だが、そんなことは構わない。デュマは狩りに行くと三頭のシカを手にして帰ってきて、シュヴェにそのシカと大きな魚を交換しないかと提案する。取引成立。シュヴェでは不可能はないのだ。『新食道楽年鑑』には、「シュヴェはある意味で内閣である」と書いてある。というのも、シュヴェには国の伝令係や、公共部門を担当する者たちや、大使が来ていたからだ。シュヴェでは政治の状態を測ることことができる。食料品は歯車を動かすオイルのような働きで人々の口を滑りやすくするので、不況の時には、店主のシュヴェは国家機密の内部にほとん

『両世界評論』 十九世紀に刊行されたフランスの雑誌で、バルザックも執筆した。政治を分析する雑誌だが、扱う内容は文化文芸も含まれる。主にフランスとヨーロッパ諸国やアメリカのことが扱われた。

『新食道楽年鑑』 十九世紀の作家で美食家のレソンが、グリモ・ド・ラ・レーニュが出版していた『食道楽年鑑』のタイトルを借りて、一八二五年から一八三〇年に出版した刊行物。

ど通じていたといえる。とはいえ、その彼も最初の頃は困難を抱えていた。

革命以前のジェルマン・シュヴェはバニョレの園芸家で、ヴェルサイユにバラを納めていた。革命後の一七九三年、彼は逮捕されたが、十七人の子どもを養わなくてはならなかったので命は助けられた。しかしバラを引き抜き、代わりにジャガイモを植えることを強いられる。ジャガイモで得たものはわずかばかりであったので、彼はパリで自分の運を試そうと決心する。パレ＝ロワイヤルに店を借り、果物だけでなく、当時流行していた甘いパテと塩気あるパテの専門店を開いたのだ。恐怖政治後、彼は選択肢を広げ、温室で育てた鉢入りのパイナップルを手にいれ、同時にイチゴやサクランボ、梨をつねに一番早く出荷できるよう努力した。そして、オマール海老やもっとも肉厚な牡蠣、さらに他の店にはないような匂いが店の前を通る客の気を惹くように総菜料理を出すというアイデアを思いつく。帝政下では、タレーランの出入り商人となり、それ以来、シュヴェの財産と名声が築かれたのである。一八一五年、平和が戻り、ロシア皇帝が大祝賀会を開くために頼ってきた頃には、シュヴェには、もっとも洗練された食事やワインとともに、シェフや使用人たちの一団をサンクトペテルブルクまで送る手だてがあった（われわれのような現在の美食家にしてみれば興味深いことだが、彼はロシアからキャビアもスモークサーモンも持ち帰ってきていない。それらがもてはやされるようになるのは、シュヴェの次の世紀になってからのことである。だが、花でテーブルを飾るという流行はロシアから伝わった)。
第一章で述べたように、バルザックのような非常に威厳ある客に対してなら、シュヴェはオテル・デ・ザリコの刑務所に二人前の夕食を届けることも厭《いと》わない。バルザックはそのお返しに、〈人間喜劇〉の中で、あらゆる喜びを与える、他に類のない商人としてシュヴェを登場させている。シュヴェはスノッブではない。彼は王族に仕えてはいたが、社交界をあっと言わせたがっていたビロトーや、繁盛している絹製品の卸商人で、美しい愛人の女神コラリーに気に入られるかどうかをひどく気にしているカミュゾ翁、あるいはライバルたちから一目置かれたいと思っているクルヴェルのような金持ちの商人たちもシュヴェの店を使っている。さまざまな体制がつぎつぎと生まれ、消えたが、シュヴェはそれを乗り切った。フロベールの『感情教育』でアルヌーが愛人のために大きなカゴを、そして妻のために選り抜きのブドウ、パイナップル、「その他、口に珍しいもの」を買ったのも、シュヴェの店である。

では、シュヴェがどのようにセザール・ビロトーを助けるのか、そしてこの助けがビロトーにとってどう高くつくことになるのかを見ていくことにしよう。

ビロトーは財を築いた香水商である。妻はとびきり気だてがよく、あらゆる困難に対して思慮があり、穏やかで理性的な美人だった。愛すべきひとり娘がおり、ビロトーはもっとも幸せな人間となる条件をすべて持ち合わせていた。が、彼には政

ビロトー　『セザール・ビロトー』の主人公。実直にのし上がった香水商。
コラリー　女優。『幻滅』ではリュシアン・ド・リュバンプレ(四五頁)と同棲を始める。
クルヴェル　セザール・ビロトーの店の元店員。のちにビロトーから店の営業権を買い取り、成功を収める。
アルヌー　『感情教育』の主人公フレデリックの友人。フレデリックはアルヌーの妻に想いを寄せる。

界と社交界での野心があった。パリ二区の助役で、近いうちにレジオン・ドヌール勲章を授与されることになっており、その栄誉を祝うために舞踏会を催し、舞踏会の前には夕食を、あとには夜食を出すことにした。だがその舞踏会を開くにあたっては、ブールの振り子時計や銅と鼈甲のビュッフェを備え、金の鋲で張られた壁のあるルイ十四世風の美しい食堂をつくるために、上の階を借りて家を広げる必要があった。建築家が首尾よく工事を終えるまでには数々のトラブルが発生し、家主からは費用のかかる難題をつきつけられたのだが、宴の話題にしぼるために、それに関してはここでは省くことにしよう。

ビロトー夫人は社交界における夫の分別のない出費にいやいやながら同意したが、目前にあるこみいった事態が彼女を唖然とさせる。銀食器やグラス、皿をどこで手配すればいいのか。給仕を任すに足る人物を捜すには、どこへ行くべきなのか。呼ばれもしないのにやってきて部屋に滑り込んでくるずる賢いものたちに備えて、誰が入り口を監視すべきなのか。それにビロトーが招待しようと考えているすべての上流階級の人々を満足させるのに、充分なすばらしい料理を誰が準備できるのであろうか。セザール・ビロトーは、そうしたすべての心配を妻がしなくてすむよう、名高いシュヴェとの間で「外交条項」を取り結んだ。『セザール・ビロトー』によれば、シュヴェは「土地を貸すのと同じように収益をもたらす」すばらしい銀食器を貸してくれることを約束し、夕食、ワイン、見かけの立派なメートル・ドテル

ブール　十七世紀から十八世紀に流行したフランスの家具職人。王族の家具も手がけ、ヴェルサイユでも仕事をした。

に指揮され、「言動のいっさいの責任を保証された給仕たち」までシュヴェが世話することになった。

この契約は公平ではない。もし新参者の金持ちが抜きん出たいと思えば、専門家の権威に従う必要がある。主人と雇われ人の役割が逆転するのだ。メニューについて、そして全体の値段についての相談はまったくなかった。シュヴェは二十名ばかりの客に対して六時に夕食を出し、夜中の一時に立派なアンビギュを出すため、中二階の台所と食堂を貸し切り、配膳本部をそこに置くこと要求した。ビロトーは、美しいグラスに入った「カフェ・ド・フォワ」の冷たい果物のアイスクリームに金メッキのスプーンを添え、銀のプレートに乗せて出すことを決めていた。さらに、別の名店「タンラード」の冷たい飲み物や冷菓も出すことになっていた。実際、決められた日に、シュヴェの一団はビロトー邸を自由に使うことを申し出て、仕事にとりかかったのであった。

アンビギュ　夕方あるいは夜にとる食事のことを指す。主に冷たい肉料理やお菓子を並べて、客をもてなすために使われる。
カフェ・ド・フォワ　十八世紀からあるカフェ。オルレアン公も贔屓にし、アイスクリームとシャーベットが有名だった。

会食者たちは時間通りにやってきた。商人の夕食会がみなそうであるように、夕食会はやたらと陽気で、朴訥さにあふれ、つねに人を笑わせる飾り気のない冗談でにぎわった。すばらしい食事、美味しいワインはみなが大いに褒めるところであった。一行がコーヒーを飲みに広間に入った時には、九時半になっていた。数台の馬車が、踊りたくてしかたがない婦人方を運んできていた。一時間後、客間はいっぱいになり、舞踏会は大宴会の様相を呈してきた。

（『セザール・ビロトー』より）

ビロトーの客たちは、威厳をとりつくろったやり方を続けて大いに楽しんだ。舞踏会がにぎやかになると、貴族階級の何人かの客は、その場にどっと流れ込んでいる光や喜び、次の日はあらたに「冷たい現実の沼地に沈みこむ」とわかって踊っている人たちの活力に怖じ気づいて姿を消した。

ビロトーは目的を果たしたのか。否である。なぜならプチブルの世界と上流社会の間、あるいは高官の社会の間にさえある階級の違いを消すには、費用のかかった夕食だけでは充分ではなかったからだ。ふるまいや品の良さというものは、長い修練なくしては得られるものではないのである。しかしながらビロトー家の三人は楽しみ、疲れはしたが幸福のうちに眠りについたのであった。彼らの幸せは長く続かない。八日後に莫大な額の請求書が届いた。不幸なビロトーは何万フランにもふくれあがった支払いの額に打ちひしがれる。バルザックの小説では見積もりはいつも軽んじられ、最終的な値段とに違いが出る。これは彼の作品では例外なく起こる決まりごとである。

フロベールやモーパッサン、ゾラが踏襲する別の決まりごとによると、「社会的な威光が先祖伝来のものである（『ゴリオ爺さん』より）」家ではおこなわれることがないような大規模な宴は、最後には四散して終わる。『ゴリオ爺さん』の中に出てくるボーセアン夫人の家での大きな夜会は、狡猾でつれないところがある宴ではあるが、そのふるまいには表面上の優しさがあり、それで台なしになることはない。招待客が声の調子を荒げたり、ワインの飲み過ぎのせいでひどい冗談を聞かせたりということはない。驚くほどの見栄張りや、恥知らずな無駄遣い、それに多量に注がれ、混ぜこぜになったワインが狂喜の沙汰を引き起こすのは、タイユフェールの家やサッカールの家、あるいはより小規模ではあるがビロトーやチュイリエの家でのことである。宴の最後には、家の中はとり散らかり、主人たちよりも使用人たちの方がちゃんとした格好をしている。バルザックの作品では、一睡もせずに情熱を傾けて装飾した室内装飾家が、食卓の喜びの一部であったはずの自分の作品が破壊されているのをみて、唖然としている。食べ物があり過ぎる場合、バルザックの作品では必ずある種の破滅を引き起こす。なかば片づけられた食卓の悲惨な情景が哀しみを誘う。「デザートの時間というのは、戦闘後の艦隊のようなものだ。いっさいが取り払われ、略奪され、しおれている。皿は食卓のあちこちに散らばり、屋敷の主婦がどんなにもとの場所に戻そうとしても無駄であった」(『赤い宿屋』より)。

ブルジョワジーの家では、場所がなかったり、使用人が足りなかったりすると、人々が宴の残りものが並んだ食卓でいつまでもぐずぐずしている。そしてバルザッ

ボーセアン夫人の夜会　『ゴリオ爺さん』のボーセアン夫人は社交界の中心的人物で、夜会を催す。ラスティニャックはその夜会でゴリオ爺さんの娘レストーに心を奪われる。

タイユフェール　『赤い宿屋』でほのめかされているように、おそらく殺人を犯して金を奪った。のちに金持ちの銀行家になり、『あら皮』では自分の新聞の創刊を祝って宴を開く。五六、七九頁参照。

サッカール　ゾラの『獲物の分け前』に出てくる実業家。八四頁参照。

チュイリエ　『プチ・ブルジョワ』に出てくるプチブル家庭で、財産を狙われる。

クの作品では、酔いがめちゃくちゃな事態を引き起こす。

部屋に入ってまず驚くのは、銀食器やクリスタルグラス、ダマスク風の布地でまばゆいばかりの食卓が整然となっていることです。そこでは人生が花の中にあるようです。青年たちはしとやかで、微笑みを浮かべ、話す声も小さく、若い花嫁のようです。彼らの周りにあるものも、すべてが初々しい。しかし二時間が経つと、戦闘後の戦場もかくやと言うことになるでしょう。いたるところに割れたグラスだの、皺だらけでぐしゃぐしゃになったナプキンだのが散らばり、なかば手がつけられた料理は、見るのも嫌気がさすほどです。それに頭が割れそうな叫び声、ふざけた乾杯の音頭、毒舌や品のない冗談の一斉射撃、真っ赤になった面々、もはや何も語らなくなった燃えるような目、何でもぶちまけてしまうような無意識の内緒話。地獄のような大騒ぎのまっただ中で、あるものは酒瓶をたたき割り、あるものは歌の音頭をとる。互いに喧嘩を売ったり、抱き合ったり、殴り合ったりしている。さまざまな匂いが混ざった耐え難い臭い、無数の声が合わさった叫び声が立ち上がる。もはや何を食べているのか、何を飲んでいるのか、何を喋っているのか誰もわからない。あるものは哀しく沈み、あるものはぺちゃくちゃ喋る。ぶらぶら揺らされた鐘のように、ひとつのことを繰り返し聞かせるものもあれば、騒ぎを鎮めようとするものもいる。もっとも賢いものは、「乱痴気騒ぎといこうじゃないか」と提案している。もし冷静な男がここに入ってきたら、バッカスの大騒ぎに入り込んでしまったと思うことだろう。

（『ゴプセック』より）

ゾラもまた、同じように招待客のふるまいに衝撃を受けた。彼は、酔っぱらいよりも、食事があり余ることで起こってしまうある種の乱痴気騒ぎのほうに重点を置くことになる。この点がゾラとバルザックの違いだ。バルザックの作品ではたくさんの成り上がり者たちが、最初はとても謙虚にふるまっている。しかし先述のように、彼はブリドーやデプランのような天才、あるいはグランデやセシャール、ゴプセックのような一スーの価値も絶対に忘れないような守銭奴ぶりを描くほうに傾いていく。どちらのタイプの人物たちも、消費することで熱狂に身を委ねる性格ではない。

一方ゾラが演出するのは、パンの大切さや耐乏の恐ろしさの記憶が根づいていて、しかもその記憶が驚くほど重要になっている理性的な人々である。彼らにとって、世界は太ったものと痩せたものに二分されている。太っているものたちの列にいるのは、ある種、衝動的な暴力を用いる人たちである。つまり酔いのせいではなく、主人たちや他の招待客の品のなさに助長されて起きる、ほとんど動物のような貪欲さが夜会の終盤の醜態の原因となっている。サッカールの家でおこなわれた贅

バッカス　ギリシア神話の酒の神。

ブリドー　偉大な画家。のちに伯爵となり、富豪の娘と結婚。二一頁参照。

デプラン　優れた医者で才気ある人物。二一頁参照。

グランデ　ワイン樽の製造業を営み、金儲けに没頭する。パンを戸棚に入れて鍵までかけるほどの吝嗇。八頁参照。

セシャール　印刷業を営む。自分の印刷業を継がせる一人息子に店を売りつけるほど金にうるさい。

ゴプセック　吝嗇を代表するひとり。金や食べ物を貯め込んで、使おうとしない。

沢な食事に彩られた夜会の最中、夜会が本当の争いの場に変わる。そうした人物たちが持つべくして持っている貪欲さには、節度というものがない。彼らがテーブルから女たちを押しのけて飛びかかるのは「お菓子とトリュフを詰めたヴォライユである。それも荒々しく脇に肘を押し当てて。強奪騒ぎだ。〔中略〕知事が羊の肉を狙っている。プチパンでポケットを一杯にすると、彼はタイミングをはかって手を伸ばし、羊肉をやすやすと持っていく。〔中略〕男たちは手袋を取ることさえせずに、羊肉が切り分けられたのをパンに詰めて、腕には酒瓶をキープしている。立ったままで、口一杯に頬張って、肉汁が敷物の上に落ちるように、ジレから顎先を離す」(『獲物の分け前』より)。

召使いたちだけが、ある種の威厳を保っている。給仕たちは、わずかばかりの時間で空いてしまった三百本のシャンパン・ボトルに満足できなかった招待客の要求におびえながらもいらだっているが、メートル・ドテルは夜会の客たちが猛烈に食べ物に流れ込んでいくのを前にして、威厳というものは誰にでもありうるものだと重々しく言う。

成り上がりものたちがごく最近身につけたばかりの薄っぺらな礼節のそとづらは、食べ物と酒が多量にあると砕けてしまうようである。昔からの貴族たちの途方もない威信は一朝一夕で培われたものではない。パリでの宴や祝典での夕食は、もてなす側と同様、客のほうにとってもある種の社会的な緊張を引き起こす場となることがよくある。どちらか一方がきちんとふるまうことができないというのは、よくあることであった。立ち居ふるまいの規範が続けざまに崩れていく。

階層のつながりがより強固で、それぞれがふるまい方を知っている田舎では、こうした不協和は見られない。『谷間の百合』に描かれているモルソフ夫人の田舎の宴では、ブドウの刈り入れ人たちが木製の長テーブルに肘をついて、陽気にしている。館の主人の子どもたちが彼らに混ざるが、そうしたことはすべてはきちんとしていて、いい雰囲気の中でおこなわれた。

フロベールの小説では、エマ・ボヴァリーの結婚を祝うような田舎風の大宴会の時でさえ、シードルが次々と出て、蒸留酒がピッチャーをなみなみと満たし、ワインがグラスの縁いっぱいまで注がれていても、また食事が十六時間にもわたり、信じられぬほど長く続いても、またきわどい冗談をいう機会があるにしても、混乱のうちに終わるようなことはない。ある者たちはテーブルで眠り、また別の者たちは歌を歌ったり、何か曲芸のようなものを試みたりしたが、約束ごとは尊重されており、夜になると、ちょっとでも無作法なおこないがあると老ルオーはそれを諫《いさ》めることができた。

大宴会における、主人の権威、趣味、野心は小説家の関心事だった。宴が日々の生活に場を譲ると、主婦が場面に登場してくることになる。

シードル　リンゴ果汁の発泡酒のこと。

老ルオー　裕福な農民で、エマ・ボヴァリーの父親。

バルザックの描くパリでは、外に出る機会が多いとはいえ、屋内の生活が描かれているという点も無視できない。しかも、家族の生活の大部分は食卓で繰り広げられる。先に述べたように、小説家にとってレストランが登場人物たちの出会いをつくりだす場になるのだとすれば、家庭の食堂は、作家に正真正銘の心理学を学ぶ機会を与えている。

グランデ氏がテーブルに砂糖をおかないことや、『ラブイユーズ』に登場するもうひとりのしみったれ爺さんオション氏がパンを切るやり方などは、彼らの性格を生き生きと伝える。『あら皮』のポーリーヌは、ミルクの入った陶器の器に挑《いど》むネコのように飛び上がることで、たちまち読者の心をとらえ、一方、ゴリオ爺さんはパンのひとかけの匂いを嗅ぐことで、ちょっとばかり品のない、まぬけな人物になってしまう。こうしたすべての要素が、素描のタッチのような役割を果たしてい

オション氏　フランス中部イスーダンきっての金持ち。マクシミリエンヌ・ルストーと結婚しており、『幻滅』で、リュシアン・ド・リュバンプレと「フリコトー」で出会うエチエンヌ・ルストー（六三頁）は、オション氏の親戚にあたる。

ポーリーヌ　『あら皮』の女主人公。主人公のラファエルは、十四歳の美少女ポーリーヌと出会い、最初は妹のように愛する。のちにラファエルはポーリーヌと再会し、二人が愛し合っていることを確認する。

る。

しかし『従妹ベット』で書かれているように、「家の財産を測るもっとも確かな指標である」食卓は、バルザックにとって、家庭制度がどのように機能しているのか、その全体を明らかにするものとなる。家で何を食べるか。招待客にどのように敬意を示すか。どのように買い物をするのか。仕出し屋に注文を出すのか、あるいは夜明けとともに起きて、レ・アールで買い物をするのか。バルザックの小説では、答えの数だけ人の性格が明かされる。

ここで扱うのは、特別な会食でもなく、またいくつかのクルミとサラダ菜三枚が夕食となるような明らかに貧しい食事でもない。〈人間喜劇〉の背景となっているブルジョワ社会の日々の生活である。もっとも裕福な金融業者の家でも、日常生活はかなりつつましやかに過ごしていることに注目しよう。鉄道によって交易が盛んになる前は、食材の種類が少なかったからでもあるだろう。

ジェームス・ド・ロスチャイルドが残した日々のメニューの本は、この事実を証明している。ロスチャイルド男爵家の子どもたちも、牛のフィレを食べる権利が与えられる元日と、ごくまれにタラが出される時を除けば、毎日鶏肉を食べていた。親だけで食事をする際でも、当然のように鶏肉が出てくる。週に三、四回、料理人アントナン・カレームやその後任者が大晩餐で準備していたのは、つけ合わせだけを変えた牛肉の料理で、それにジビエが続き、毎日出される魚料理は、当時きわめて一般的であったサーモンあるいはヒラメばかりだった。仔牛や羊がメニューに姿を見せるのは、ごくまれなことであった。牛タンやリー・ド・ヴォーが挽き肉の形で使われることもよくあったが、メインの料理になることは少なかった。今では非常に高い評価をうけている仔牛のレバーも、配膳室の中だけで食べられていた。海の魚がパリ市民たちの手に届くようになるには、十九世紀のなかば、鮮魚を運ぶ列車が登場するまで待たねばならなかった。釣り上げられた場所から四十リュー、すなわち百六十キロ以上離れたら、魚は台なしになるものと見なされており、「魚がぜいぜい言う」あるいは「哀れな姿になる」という表現が使われた。『人生の門出』の中で、乗り合い馬車の御者が昼食を断ってまで急いでいるのは、大きな魚をいい状態で届ける任を負っているからだ。三十年後、『感情教育』の中でフロベールが描くパリの商人のモーリス・アルヌーは、ジュネーヴ産のマスを手にいれて喜んでいる。

新鮮な食材を手に入れるのが簡単だったら、タイユフェールの饗宴で幻想的なまでに豊富な品々がある描写は平凡なことになってしまう。少なくとも輸送手段に革命が起きたあとであれば、それらは手が届くものになっていた。料理はより新鮮でより種類が豊富になる。かつてもっとも力のある領主たちのみに用意されていたものが、いまやパリのブルジョワたちの皿に乗っているのだ。スコットランドのジビエ、スペインのオレンジ、南アフリカのワインが手に入る。王政復古期に入ると、

『人生の門出』 二〇、五二頁参照。

タイユフェールの饗宴 七九頁参照。

下級役人のワイン蔵や食料棚に、驚くほどの品々が貯蔵されているのを目にすることになるだろう。十九世紀、食事の量と豪華さが過度になっていくという傾向はとどまるところがない。チーズの例には驚く。王政復古の頃のパリの市民たちは、チーズの端っこや、ときにブリーチーズをひとかけ齧《かじ》るだけだったが、第二帝政期になると、店いっぱいにノルマンディーやオーヴェルニュ、ピカルディー、スイスやさらに遠くから運ばれてくるバターやチーズが並んでいた。カマンベールやランブール、マロワール、ポン＝レヴェック、リヴァロの強烈な匂いが漂い、巨大なカンタルチーズ、チェスター、パルメザン、そして透明な蓋の下の「あたかもトリュフを食べ過ぎた金持ちが恥ずべき病に冒され、青と黄色の静脈を浮かび上がらせて（『パリの胃袋』より）」いるようなロックフォールに囲まれて、レ・アールの二人の老商人が噂話をしている様子をゾラが描いている。

『感情教育』の主人公フレデリックは、アルヌーの家の食事に招かれ、「十種類のマスタードから選ぶことができた。彼はガスパチョやカレー、ショウガ、コルシカ島のツグミ、ローマのラザニアを食べた」。

陶器製造業者のアルヌーは、大物金持ちのトップというわけではないが、そうしたものが手に入ることを自慢にし、「食べ物のためにあらゆる郵便馬車の御者たちの機嫌をとったり、彼にソースを届けてくれる大きな屋敷の料理人たちとつながりを持ったり」していた。多くのパリジャンたちと同じく、アルヌーも、自宅であ

ブリーチーズ　十九頁参照。

ランブール　ベルギー起源のチーズ。

マロワール　ピカルディー地方のチーズ。ウォッシュタイプ（醱酵過程で塩水や白ワインなどで表面を洗い、熟成させる方法）。

ポン＝レヴェック　ノルマンディー地方のチーズ。ウォッシュタイプ。

リヴァロ　ノルマンディー地方のチーズ。ウォッシュタイプで、強い匂いが特徴。

カンタルチーズ　オーヴェルニュ地方のチーズ。加熱せず、圧縮してつくる。

チェスター　イギリス西部が起源のチーズ。

ロックフォール　アヴェロン県発祥の羊乳でつくる青カビチーズ。強い香りと味が特徴。

ガスパチョ　スペイン発祥のトマトと野菜などでつくる冷製スープ。

れレストランであれ、大金を使うことをためらわない。「食卓で身を滅ぼした人の数ははかりしれない。その点においては、パリの食卓は高級娼婦のライバルといえる」とバルザックは『従兄ポンス』の中で言っている。

ブルジョワ社会における一般的な特徴は、その数に差はあれ、そして仕込まれている度合いに差はあれ、つねに使用人がいるということだ。もっともつましい商人の家庭でも、使用人でなくとも、料理人か、少なくとも住み込みの女中を頼りにしていた。唯一の例外といえば、自分に向けられるささいな好奇心にも我慢がならない、病的なまでに秘密主義の高利貸しゴプセックと、あさましいほど倹約したいがために料理人を追い返し、「自分の楽しみで」みずから料理をつくるのだとわめき散らすシルヴィ・ログロンである。概してバルザックの作品では、食卓の質や楽しみというものは、雇われているものたちの誠実さや、主人との関係と同様、才能が問われるところでもある。先に述べたように、シェフが登場せず、女たちがその役目を果たしているのだ。

家事の采配に忙殺されているマルネフ夫人の家に、つかのま戻ってみよう。マルネフ家の料理女は、買ったものを盗むだけでなく、まずくて食べられないローストを出してくる。自分の恋人のためにとっておく残り物をより美味しいものにしようと、肉汁を取ってしまうからだ。その上、この料理女は自分の仕事をなおざりにし、「食堂にはろくに気を配っていないから、田舎の宿屋の胸が悪くなるような様

シルヴィ・ログロン　『ピエレット』に出てくるログロン嬢のこと。フランス北部のプロヴァンに隠居生活をし、上流社会に入りたがるものの相手にされない。善人ぶるためにピエレットの身を引き受けるが、ピエレットだけがみなに可愛がられるため、彼女に辛く当たる。

マルネフ夫人　『従妹ベット』の登場人物。夫の上司ユロ男爵を利用するため、その愛人になる。ユロ男爵はマルネフ夫人に別宅を用意し、監視役にベットを家政婦として遣わすが、マルネフ夫人とベットは結託してユロを破滅に向かわせる。

相を呈している。何もかも垢だらけで、ほったらかしだった」。
肉汁のつもりなのか、赤茶けた水の中に仔牛の肉の断片が沈んでいる。こうした夕食が「縁が欠けた皿や器に盛られてでてくる。銀食器はニッケルを使っているから響きが悪い。〔中略〕カラフはつや消しだが、角の酒屋でリットル買いしてきたワインの嫌な色は隠しようがない。ナプキンは一週間前から使いっぱなしだ。つまり、あらゆることが恥もないみじめさと家庭に対する夫婦両方の無頓着さを露呈しているのだ」（『従妹ベット』より）。

読者はすぐにマルネフ夫人は誰も愛していないことを見抜く――人を愛している女は、節約していても、「貧しい生活の中に豪華さを見出す（『田舎医者』より）」方法を知っているからだ。みじめな生活の恥辱を隠すのにたいしたことは必要ないのだが、そのやり方を知っているのは情愛深い女たちだけなのである。リュシアン・ド・リュバンプレの妹エーヴは几帳面な倹約家だが、葉っぱで飾った美しい皿にイチゴを乗せた簡単な料理を見せる術《すべ》を心得ている。若い情婦のコラリーは、リュシアンを狂おしいほど愛しているため、貧しい生活に身を落とすことまでして、茹で卵でつくった魅力的な昼食を彼のために用意する。ウジェニー・グランデは、あらゆるものに鍵をかけてしまうような父の厳しさにもかかわらず、自分が恋した従弟の朝食に、梨とブドウでできた絶妙なピラミッドをつくることに成功している。ところがマルネフ夫人は、みずからの白い手を使うような女性ではなく、完

エーヴ　かつては兄リュシアン（四五頁参照）の学費のために洗濯屋で働いた。のちに印刷業を営むダヴィッド・セシャールと恋に落ちて結婚する。

コラリー　女優。絹商人のカミュゾの愛人。リュシアン・ド・リュバンプレにひとめ惚れし、カミュゾのもとを去ってリュシアンと同棲を始める。

ウジェニー・グランデ　吝嗇なグランデ氏の娘。パリからやってきた従弟のシャルル・グランデに恋する。

全に女中に任せっきりだ。

ここでわれわれは、出入りの商人や雇われ人の盗みという大問題に突き当たることになる。ゾラは使用人たちが虐げられていたことに重点を置いたが、反対にバルザックはこの盗みの問題にとらわれていたように思われる。保守的であったバルザックは「家の中での盗み、金で雇われた恥知らずの盗人」にさほど寛容になれなかった。「今日どの家庭でも、あらゆる金銭上の損失の中で、使用人たちによる災いがもっとも大きいものとなっている」と『従妹ベット』に書いている。

バルザックによれば、パリでは頻繁に盗みが横行しており、身を守るためには、一瞬一瞬の監視が必要であった。極端にケチな人たちや締まり屋の主婦たちだけが、その被害を避けることができた。マルネフ夫人の家が立ち直ったのは、リズベット、つまりマルネフ夫人の愛人ユロ男爵の従妹にあたるベットが、家のことを一手に引き受けたからだ。ベットが手をつけた最初の仕事は、置いておくに値しない女中たちを解雇してしまうことであった。というのも、使用人たちは、主人の食卓と市場の間で、秘密の取り決めをおこない、出入りの商人たちが勘定書を五割増にするまでになっていることをベットはよく知っていたからである。家を経済的に取り仕切る唯一の方法は、料理人たちを見張り、買い物は、あつかましく勘定を水増しする出入りの商人のところではなく、レ・アールでするように教え込むことであった。それこそが、やり手のベットが、友人ヴァレリー・マルネフの家を再編

リズベット　リズベット・フィシェールが従妹ベットの本名。

成するためにやったことである。ベットには、ナンシーの司教のところへ奉公に出ていた老齢の親戚がいた。この細かい設定は重要である。というのも、バルザックによると、医者と聖職者は食の道の専門家であるからだ。ベットはヴォージュの山奥から「この信心深く誠実な老嬢を呼び寄せた。パリのことは何も知らないし、よからぬ入れ知恵で繊細な忠誠心が台なしになることを恐れて、リズベットはこのマチュリーヌをレ・アールに連れて行って商人たちに騙されないように買い物をする術《すべ》を教えた。〔中略〕売り手に一目置かれるように、売り物の本当の値段を知ること、たとえば旬をはずした魚のように、それが高くない時期を狙って季節外のものを食べること、物価の変動に通じて、高くなりそうなものは安いうちに買っておくこと。こうした家事にたいする心持ちは、パリで家庭を切り盛りするにはもっとも必要なものだ。マチュリーヌはいい給金をもらっていたし、贈り物もどっさりもらっていたので、マルネフ家を愛するようになり、レ・アールで安く買い物ができると幸せな気分になった」。

「レ・アールに行く」ということは、最安値を保証するものであるが、同時にもっとも良い質をも保証しており、その信頼は二十世紀に至るまで続いた。おそらく母親に教わってのことだが、プルーストはレ・アールにフランソワーズをつかわし、傑作ブッフ＝モードをつくるために必要な買い物をさせている。

だが、レ・アールに行くというのは簡単な仕事ではない。バルザックは、自分の

フランソワーズ　『失われた時を求めて』の登場人物。出自はコンブレー近郊の農家。小説の語り手となる人物の叔母にあたるレオニに仕えるが、のちに語り手の家族の家で働く。

ブッフ＝モード　フランソワーズが小説の中でつくる肉の煮込み料理。さまざまな部位の牛肉とニンジンなどの野菜、ゼリーでできている。

妹が経済的な理由から解雇した女料理人を雇うことになった時、レストラン経営者や八百屋のように、レ・アールへ買い物に行くことを条件に課した。ところが彼女はそれを断った。なぜなら、夜明けに起きて売り手と交渉するには、並々ならぬ体力が必要だったからだ。切羽つまって節約が必要な時には、冷たい肉が大嫌いであったバルザックも、何か食べるものを月曜日に一週間分準備してくれる料理女を雇わざるを得なかった。ブッフ・ア・ラ・ブルジョワーズや羊肉の料理が最後のひとかけにまでなってしまった時には、アイルランド人のように、パンやチーズ、ジャガイモを食べることですませたと、ハンスカ夫人への手紙に書いている。

当時、レ・アールは工事現場でもあった。というのも、一八一一年から、木製の古い倉庫や野晒しの棚を近代的なものに替えるという計画がナポレオンによって始められたが、工事は第二帝政になるまで終わっていなかったからだ。卸市場の強者《つわもの》や農民たちは、胡椒を利かせた蒸留酒をたっぷり飲み、喧嘩は日常茶飯事で、気の弱い人たちはこの場所にあえて近寄ったりしなかった。

ビロトーのような古くからのパリジャンでさえ、仕事に欠かせない木の実を買いに行く時には、レ・アールの迷宮の中で道を開いていくには苦労する。この迷宮は「町のはらわただ。ここには臭いものと洒落たもの、ニシンとモスリン織、絹とハチミツ、バターとチュール織、多種多様なものが数限りなく、ごちゃまぜにひしめいている。大部分の人間が自分の膵臓で何が起こっているのか知らないのと同様

ブッフ・ア・ラ・ブルジョワーズ　牛肉を煮込んでつくる家庭的な料理。

ビロトー　香水商。九二頁参照。

に、おのれのうちでおこなわれていることに気づかないような小さな商売がパリではおこなわれていた」(『セザール・ビロトー』より)。

なにごとも怖じ気づかない従妹ベットの巧みなやり方は賞賛に値する。彼女のきわめて偉大な功績のおかげでマルネフ夫人の夕食会は、芸術家や政治家、友人、愛人が集まるようになった。

逆に、従兄ポンスやその友人のシュムッケには、値段に関する注意も知識も欠けている。食事をつくりつつも彼らを破滅に向かわせる管理人のシボ夫人のことを警戒していない。シボ夫人は、自分の才気と才能をつかって、八年間で夫のために二千フランかき集めたことを誇りにしている。実際、彼女は肉屋に赴くのではなく、近隣のレストランから残り物を買い取っている小売り商人の棚で売り物を探す。卓越した判断力で、一瞬にして鶏肉やジビエ、魚のフィレの残り物や、あるいは茹でた牛肉の残りを選び取り、それに薄切りのタマネギを加えて再び火にかける。香りの強いソースを煮込むので、下宿人たちは一度も文句を言わない。彼女はその夕食を「ワイン抜き」で三フラン取っていた。ぱっとしないがまずまずのレストランでは、ワインの小瓶付きで食事をとってもせいぜい二フランしかかからなかったことを考えると、この額は相当なものだ。

『毬打つ猫の店』に出てくるパリの布地商の奥方ギヨーム夫人のところなら、この手の災いは起こりえない。彼女は万が一にも無駄使いになってしまうことを恐

『従兄ポンス』 主人公の元有名音楽家ポンスは落ちぶれしまい、友人シュムッケと二人で住んでいる。

シボ夫人 ポンスとシュムッケが住む家の管理人。自分の利益になることを計算して家政婦のように振る舞い、二人の老人の食事をつくっている。

ギヨーム夫人 布商人の妻。もとはギヨーム氏が働いていた店の主人の娘。ギヨーム氏は彼女を妻にして店を継ぎ、数名の店員を雇って堅実に商売を進めている。

れ、サラダにオイルをかけるのを人に任せない。しかも片手でけちけちと注いで、サラダ菜をわずかに湿らす程度だった。デザートには、当時貧しい人たちが好んだグリュイエールチーズを出したが、あまりに古く硬くなるまでとっているので、使用人たちは日付を彫っておもしろがっていたほどである。

もうちょっとおおざっぱな女たちの家では、悪事がどこまで及んでいるか気づきもしなかったり、料理係が盗むのをあきらめていたりしたが、パリではこうした悪習は広くおこなわれていた。料理係の女を叱りつける母親を見て学ぶことが、女の子の躾《しつけ》にとって大切であったとしても驚くことではない。さもないと『社会生活の病理学』にあるように、そのうち「ぼろ着も、下着も、才能もなく雇われた使用人が、縁飾りのついた肩掛けのある青いメリノ地のドレスに身を包んで、耳には小さな真珠のイヤリングをつけ、足には上等な革靴を履き、そこから美しい綿の靴下を覗かせながら、勘定書を請求にくることだろう。彼女は衣装用トランクを二つと貯蓄銀行の通帳を持っている」。

ギヨーム夫人は夫と二人の娘、そして使用人たちからなる、ささやかな家庭の長にすぎないが、『プチ・ブルジョワ』に出てくるチュイリエ家は、ギヨーム家よりおもしろい。われわれはこの一家のおかげで、世に出ようとしているパリの下級官吏の日常生活を知ることができる。彼らは社会的に出世することによって人を招き入れる必要がでてくるが、出世することで使用人たちをとりまとめる時間がなくな

グリュイエールチーズ　スイス原産のチーズで、フランスでも南東部のサヴォワ県などをはじめ、各地方でつくられている。加熱し圧縮してつくる。

『社会生活の病理学』　〈人間喜劇〉の中で、『結婚の生理学』や『結婚の小さな悲惨』と同じく、分析研究に分類される作品。小説というよりも、風俗や社会を論じた形になっている。

り、しかも臨時の使用人を雇うことを考えるほど壮大な野心を持ち合わせていないといった状況を例証している。

ここで、チュイリエ家に足を踏み入れてみよう。この家では、三人の家族、すなわちジェローム・チュイリエとその妻、それにバルザックの作品にでてくる抜け目ない老嬢たちのひとりである姉ブリジットに対して、ひとりの使用人がまじめに働いている。ブリジットはすぐに弟の妻の上に立ち、一八三〇年以降課長補佐を務めている平凡な弟を高圧的な態度で支配する。財布の紐を握っているのはブリジットであり、その紐はとても硬く縛られていた。というのも、その財布は長いあいだ薄っぺらだったからだ。ブリジットとジェロームの姉弟の父は財務省の第一管理官で成功を収めるが、最初からうまくいっていたわけではなく、尊敬に値する社会的地位まで上りつめ、ある程度の財産が確保できる前は、多くのことを我慢しなければならなかった。父は、自分の家に非合法の食堂をつくることで給料を補った。そしてその食堂で、安い値段で客に食事を出す術《すべ》を娘ブリジットに教えたのだ。

あまりに目が悪かったので徴兵されなかった息子のジェロームだが、帝政下では軍隊での職務がたくさんあり、民間の行政部では下級職に就くものが不足していたので、仕事に就くことができた。こうして彼は、役人組織の最初の段階をやすやすと乗り越え、ものを知らなかったので黙っていることを学び、その結果、一目置かれる役人と見られていた。姉のブリジットは、財務省に通じている者たち以外には

ブリジット　『プチ・ブルジョワ』の中心人物のひとり。チュイリエ家の実権を握っている。弟のジェロームを大事に思っており、弟の出世のためなら何でもする。

あまり知られていない工場を仕事場に選ぶ。その工場は、銀行や国庫、それに財界の名家が紙幣を運ぶために使う特別なカバンを製造していた。財務省ではブリジットのことをみんな子どもの頃から知っていたし、熱心な仕事ぶりが評価され、彼女はすぐに出世した。三年目から彼女は二人の工員を使い、貯めた金を登録台帳に書き込み、一八一四年には十五年間かけて稼いだ三千六百フランの年金を手にしていた。無駄使いをほとんどせず、父親が生きている間はほぼ毎日その家に行って夕食を食べていたが、父親の死に際して、姉弟は財産を共有することに決めた。財産はブリジットが買い取りに成功した不動産収入によって増えたものである。この取り決めはジェロームが結婚しても変わることはなかった。

この小説の舞台は一八三九年に設定されており、質素なブルジョワジーの典型や七月王政の礎をつくった労働者が描かれている。狭い社会の中でチュイリエ家の地位は上がり、月に二度は友人たちを招き、盛大な夕食を出したりするほどになった。プチブルにとっての盛大な夕食とはいったい何なのか。それこそ、現実に目をやったバルザックが、あふれるほどの喜びをもってわれわれに描いてくれるものである。

ジェロームは姉に、少なくとも十五人が夕食に来ると話したが、その時は、自分の市議会議員への選出がほぼ確実になったというすばらしい知らせがデザートとともに発表されるだろうとは伝えなかった。ブリジットは計算をめぐらし、夕食会に続く二日間の家族の食事をなんとか残り物でしのがないと、少なくとも無駄使いが四十フランにも達すると愚痴を言い、うろたえ始める。宴では、彼女は光り輝くナプキンを広げさせ、古い銀食器を引っ張りだしてくる。老父チュイリエが革命の時に買ったもので、当時、自宅でやっていた非合法の食堂でよく使われていたものだった。そうなると、銅に銀メッキをほどこした粗悪な二台の四つ枝の燭台に、牛の脂でつくる「星」と呼ばれている安物の蠟燭を灯したりせず、その場にふさわしい装飾にしなくてはならない。しかし何年もの間、一スーずつ数えているような家の緊迫した習慣は、なかなか消えない。この小説の他の場面で、バルザックは豪華さに慣れ親しんでいる招待客たちが食卓をみて「皮肉った考えを分かち合っているのだとわかる」ような抑えた微笑みを交わしていると書いている。たしかに食事には、その家の女主人の節約ぶりが反映される。夜会では女主人が全責任を請け負っていて――そもそもバルザックは、ブリジットが一八四〇年のブルジョワ家庭の料理女の典型そのものであると伝えている――、二人の使用人にはいかなる自発的な行動も許されていないことは、誰の目にも明らかだった。ワイン蔵の鍵も、つねにブリジットのベルトにあった。

食事では、まっ白と言っていいブイヨンスープが出された。というのも、こうした機会であっても、たくさんブイヨンスープを出すようにというお達しが料理女に出されていたからだ。それに肉料理は翌日と翌々日に家の人たちに出さねばならぬから、ブイヨンスープに出ていく肉汁が少ないほどその肉に栄養が残ることになる。チュイリエがナイフを入れている間、ブリジットはちょっとしか煮えていない肉料理のことを口にするのだった。

――ちょっと硬そうね。それにほら、チュイリエ、こんなの誰も食べないわよ。他のものがあるでしょ。

オリーブを添えた二羽の鴨とそれに対面する形に置かれた、やや大きめのクネルの包み焼き、それにウナギのタルタルソースがけと、それに対応するようにチコリの葉に乗せたフリカンドで構成された四つの料理が、銀のはがれた古い保温トレイの上に置かれていて、そのわきに、ブイヨンスープがあった。二番目に食事のメインとして出されたのは、栗を詰めた極上のガチョウと赤ビーツで彩られた野ヂシャのサラダ、その正面にはクリームの壷があり、マカロニのタンバルに面して、砂糖で味つけしたカブがあった。

タイユフェールの宴では力を尽くした華麗で古典的な食事の場面が描かれていたが、チュイリエの家では、その貧相なバージョンを目にすることになる。ナプキンはきれいなものなのか、テーブルはきれいなのかといった、美しさに関する心配は必要ない。食事は充分、たっぷりある。マカロニはよく工夫されたものだが、ヴォ

クネル　仔牛や鶏、魚、フォワグラなどのすり身を混ぜて形を整えてオーブンで焼く料理。

フリカンド　五三頁参照。

野ヂシャ　チシャはサラダ菜のこと。野ヂシャはオミナエシ科の一年草、越年草。葉をサラダに用いる。

タンバル　円筒形の型を用いて作った料理のこと。その型を使い生地を焼いて、中身を詰めたりして供する

ライユに人気があったことや、ジビエがないこと、野菜が少しであったことは、「無駄遣いに譲る気はない」という強い意志を示している。そうしたすべてがつつましくはあるが、何も楽しみが期待されず、客の食欲をそそらないのではないかと思われた。女中が充分に給仕できないので、食卓の周りのうるさい騒ぎといったらなかった。この夕食の最中に、あらかじめ示し合わせた人たちが、ジェロームが選挙で選ばれそうだという良い知らせを伝えた。これで大騒ぎになり、ブリジットは、「儲けても金が出ていってしまう時は早い」と普段から恐れている教訓も忘れ、料理女のところへ駆けていき、とっておきのワインを持って上がってくるから、地下蔵についてくるようにと叫んだのである。

とたんに多量のワインとリキュールがでてくる。戸棚の奥深くに隠されていた喜びが姿をあらわしたということは、かなり質素に生活している家でも、酒やお菓子を信じられぬほど蓄えているということになる。実際、ブリジットはシャンパンの瓶を三本手にして戻ってくる。

こんなプチブルの家にシャンパンがたくさんあったとしても、それほど驚くことはない。フランスでシャンパンへの趣向が高まったのは非常に遅く、イギリスよりもはるかにあとのことだ。ポンパドゥール夫人はシャンパンを高く評価した最初の女性のひとりで、彼女が流行《はや》らせたのである。帝政時代にシャンパンの受容は高まったが、製造量が増えることはなかった。単に酒蔵の中でよく瓶が破裂していた

ポンパドゥール夫人 ルイ十五世の愛人(一七二一〜一七六四)。文学や芸術を後援し、美食家としても有名。

というのが理由であろう。このため、ブドウを栽培する業者たちは、その生産量の三割から四割を失っていたとも考えられる。シャンパンの製造者たちがワインの中の糖度を測り、急激に発酵するのを避けるための確実な方法を模索し始めたのは、一八三〇年頃になってからのことであった。こうして、ようやく瓶が圧力に耐えられるようになった。その結果、生産量は著しく伸び、一七八五年には三十万本を越えるぐらいだったが、一八四四年にはその数は約七百万本にまで達した。そのため、倹約には励む家庭でも、シャンパンが貯蔵されているのである。シャンパンに加えて、ブリジットはエルミタージュの古いワインを三本、ボルドーのよい年のものを三本、マラガワインを一本、一八〇二年ものの蒸留酒を一本出した。ブリジットが尊敬の念をこめて扱うこの蒸留酒は、父が買ったものだった。彼女はただちにオレンジのサラダを準備するよう義妹に言い、蒸留酒はその香りづけに使われた。

オレンジのサラダはデザートの前奏曲にすぎなかった。女たちはテーブルの上にアーモンドとナッツ、イチジクや干しブドウをミックスしたカトル・マンディアンや、リンゴのピラミッド、チーズ、ジャム、果物の砂糖漬けを積み上げた。甘いものの雪崩によって喜びの爆発が表現される。老嬢ブリジットは他にもパンチやマロングラッセ、メレンゲを出すことにし、熱狂の締めくくりには薬局に買いにやらせたお茶（お茶は非常に貴重なもので、かつての砂糖がそうであったように薬局で売られていた）を出すことにした。

エルミタージュ　コート・デュ・ローヌ地方のワインで、豊かな香気と濃い色が特徴。

マラガワイン　スペインのマラガ産の酒精強化ワイン。ブランデーなどのアルコールを加えて発酵を止めてつくる。

カトル・マンディアン　四種類のドライフルーツ。それぞれの色が修道会の会派を示していて、白いアーモンドはドミニコ会、茶色のナッツはカルメル会、グレーの干しイチジクはフランシスコ会、紫の干しブドウは聖アウグスティヌス会を示している。

パンチ　七二頁参照。

この場面で驚くのは、プチブルの家庭が蓄えている食料の量とワインの質である。ワインは確かな価値があるものとして貯めこまれたものであると想像つくが、砂糖漬けや保存食があるのは、革命や混乱が頻繁にあった時代に必要だったという用心からくるものであろうか。思いがけないごちそうに魅了された一同がたらふく食べて酔っぱらうのは世の常だが、こうしたよくある食べ過ぎを前にして、招待客の中で世に通じた二人の人が深く悲しむ。「こんなマラガワインを最下層の者たちの喉に注ぐなんて、無駄にするようなものだ」と、一方がもう一方の耳元で言う。

義妹によると、「ブリジットは馬のようによく働き」、この大騒ぎの中でつねに冷静さを保ち、宴をしめくくるために舞踏会を設定しようと考えた。チュイリエ家で舞踏会があるという噂は午後にはリュクサンブールのブルジョワたちの間に広まっていたので、夕食後は若者たちが集まってきた。こうした気さくな感じが、ブルジョワの界隈にありながら、田舎風の雰囲気をかもし出していた。

ダンスをする人々が部屋を使えるように、二人の使用人に手を貸しつつ、ブリジットはテーブルを片づけ、食堂にあるすべてのものをどけた。手を動かしつつ、彼女はまるで攻撃体勢に入った軍艦の当直士官台に立つ船長のように怒鳴る。

「スグリのシロップはまだあるかい。オルジャを買いにお行き」とか「グラ

スグリ　ブドウのような実で、黒いものはカシスと呼ばれる。タルト、ゼリー、シロップなどに用いられる。
オルジャ　砂糖とアーモンドミルクでつくるシロップ。

スが足りないよ。ワインを混ぜた水が少しあるだけだよ。わたしがさっき持って上がってきた並のワインのボトルを六本もっておいで。門番のコフィネがとらないように気をつけてね。カロリーヌはビュッフェに残っていて。みんなが夜中の一時まで踊っているようなら、ハムを出しましょう。無駄遣いはするんじゃないよ。ちゃんと見張っとくんだよ。箒をお貸し……ランプに油を入れて……ヘマをしないように特に気をつけるんだよ……ビュッフェをきちんとするから、残ったデザートを片づけておしまい」と言っていた。

気が向くと音楽を奏でるひとりの招待客が、オーボエを試し吹きしながら、鶏が鳴くような楽しげで調子はずれの音をあげて舞踏会の開始の合図を出すと、歓声がおこった。この部屋の舞踏会のことを描いてもあまり意味がない。服装や体つき、会話、すべて調和がとれているので、あるひとつの些細な部分を言えば、その場面を生き生きと想像することができるだろう。というのも、そうしたあらゆるものの中で、次のような情景が、その色彩と性質によって印のような役割をはたしていたからだ。装飾が施されているが、ところどころワニスが剝げている台に、ワインや、ワイン入りの水、砂糖入りの水などが一杯に入ったグラスが並べられていることを、誰も気にしていなかった。オルジャのグラスやシロップのグラスが乗った台は、消えたと思えば、しばらくして再び姿をあらわす。五つのゲーム台があり、二十五人がゲームをしていた。十八人の男女がダンスに興じていた。夜中の一時になってブリジットが夜食のことを告げると、人々は彼女を胴上げしてあげたくなった。それでも彼女は、ブルゴーニュの年代物のワインの瓶十二本は隠さねばならないと考えた。年配の夫人も若い女性も人々は大いに楽しんでいるところで、チュイリエは次のように言う。

「えー、この日、わたしたちがこんな舞踏会をすることになろうとは、今朝の時点では思いもよりませんでした」

「こうした即興の舞踏会以上に楽しいことなど、まずないだろうな。堅物たちが集まる会議のことは我に話すべからずだ」と公証人のカルドーが言う。

この発言は、ブルジョワジーたちの格言となった。

ブリジットが成功したのは、料理がすばらしかったからではなく、その宴が素直なものだったからだ。たしかにワインやリキュールがたくさんあって、友人たちは陽気な気分になった。そしてチュイリエ家の喜びはわかりやすいものであった。がしかし、うぬぼれがまったくなかったことも重要である。ビロトーの会とは違い、ブリジットの会は無欲である。彼女が普段の節約を曲げてまでおこなったのは、何かを得ようとするためではなく、弟を祝うためであった。そのため下心のない楽しみとなる。

バルザックは、パリを描いた小説では食事の準備や料理の描写を長々と書くことはあまりない。彼に言わせれば、パリでは「人々は歯の端っこで嚙みながら、まずそうに食べている」のである。世間では、外出するのは美味しいものを食べるためではなく、仕事を立ち上げたり、共謀したり、ニュースを知ったり、お互いに会ったりするためだ。名の知れたパリジャンたちの間では、サロンの楽しみや食卓のすばらしさは言うまでもないので、そのことに気づくことも話題にすることもない。

ポピノー伯爵の料理女で才気あるソフィーがつくる「ソース入れの中では澄んでいても、舌の上では濃密になるソースが添えられた大きなコイ」は従兄ポンスを夢見心地にさせるが、バルザックはこの料理を描写しない。ヴォートランの叔母で、共犯者でもある、不幸をもたらす女性アジアのケースはきわめて例外的で、それを除けばバルザックはカマドを前にしてせっせと働く女を描写していない。アジアはただの料理女ではなく「この女が調理するとただの豆料理も、もしかして天使が舞い降りてきて天界の野菜を加えたのではないかと思いたくなるだろう」(『浮かれ女盛衰記』より)。だがアジアはまた、大胆にも自分の甥に歯向かう警察官のペラードを毒殺するため、プロンビエールのサクランボに毒を入れることもできる女なのだ。

台所の描写を見るには、パリでなく、田舎へ向かわなくてはいけない。『ラブイユーズ』には次のように書かれている。

ポピノー伯爵　香水商セザール・ビロトー（五七頁参照）の会計係で、のちに独立する。『従兄ポンス』の時には、伯爵になっており、議員も務める。

アジア　本名をジャックリーヌ・コランといい、ヴォートラン（五四頁参照）ことジャック・コランの叔母。「しびれエイ」ことエステルの所に料理女として住んでいる。

ペラード　『浮かれ女盛衰記』（五七頁）などに出てくる警官。エステルを使ってニュシンゲンから金を巻き上げようとした犯人を探り、エステルの恋人リュシアンに容疑をかける。そのうちに、ペラードの娘リディーは誘拐され、ペラード自身も毒を盛られる。

プロンビエール　砂糖漬けの果物を加えたアイスクリーム。

田舎ではとりたててやることもなく、生活も単調なので、精神的な活動といえば料理に向かうことになる。田舎ではパリほど豪華に夕食をとるわけではないが、その夕食はパリのものよりも質が良い。料理はよく考えられていて、研究されている。田舎の片隅に、ペチコートを着た何人もの天才的なアントナン・カレームが隠れているのだ。彼女たちの手にかかれば、ただの豆料理も、完璧に成功したものを受け入れる際にロッシーニが見せるあの頷きに値する逸品になるのである。

彼女たちはソースの達人ではない。百もの仕事をうまくこなさなくてはならない新しいレストランに雇われることもないだろう。それに、食材の臭みを隠す方法も知らない。こうした正直な女たちから見ると、シボ夫人はひどい料理人だ。彼女たちの才能は、簡単で値の張らないものを使う術《すべ》を知っていることにある。

ここで話題にしているのは、農婦たちのことではなくて、職をもった女たちであることをはっきりさせておきたい。『農民』にもあるように、バルザックは農民たちを哀れなものと思っていない。彼は小説の中で、ちょっと自尊心を掻き立てるような表現を使うなら、「手強い密猟者」とでもいうべきトンサールの妻がつくる料理を描写する。彼女は、旦那や息子がとってきた闇商品を売って利益を出すために、簡易なカフェのような軽食堂を開いている。彼女の才能が発揮されるのは「シヴェや

トンサールの妻　七七頁参照。
シヴェ　野ウサギや鹿の肉を、タマネギなどと一緒に赤ワインで煮込んだ料理。

ジビエのソース、マトロート、オムレツといった田舎で普段出てくる料理だ。彼女は、スパイスをふんだんに使い、飲み物が欲しくなるような料理、テーブルの隅で突っつくような料理にかけては、たいした腕前だという評判が近所に広まった」。

同じく『農民』の中に出てくる、倹約家で抜け目のない人物、六十ばかりの家々からなる村の村長であるグレゴワール・リグーに関係するところでは、バルザックは料理のかなりもこまかいことまで長々と書いている。リグーがバルザックにとって興味深いのは、この「ケチでエゴイスト、つまり自分の喜びのための愛情に満ちている」男が、フランスの田舎特有の存在を示していて、「家のことも、火をおこす方法も、食べ方も、何ひとつどうでもいいことがない」からだ。

リグーはベネディクト派の大修道院を抜け出し、法律を学ぶために革命を利用した修道士だ。一八一五年には、村長になっただけでなく、高利貸し業を始めて、目ざましい成功を収める。かつての大修道院のひとりの修道僧が、リグーに犬のようにつきまとい、馬丁になり、同時に庭師、牛飼い、従僕、管理人の役までやった。バルザックは好色な守銭奴リグーを「ルイ十四世のように飲み食いする」と言っているが、どうしてリグーはこんなにもうまく生きられたのか。

まず彼は妻を絶対服従させる。そして彼女が若々しさを失うや、若くて美しい女中を家に置いて、それを三年毎に替えることを認めさせる。十六歳の娘を雇い入れて、十九歳で放り出すという戦略だ。この手はずを完璧にするため、彼は別に部屋

マトロート　淡水魚やウナギをワインで煮込んだ料理。

グレゴワール・リグー　ブランジの村長で、強欲な高利貸し。エーグの荘園から利益を貪るゴーベルタンと手を組もうとする。

をつくる。「すばらしいマットレスと上等な布のシーツでできていて、風よけに良質のカーテンが引いてある」ベッドは、注文のうるさいパリ女さえたちも満足させたことだろう。その上、彼は妻に給仕させてひとりで食事をし、妻のほうは、彼が夕食を消化し、静かにワインの酔いを醒ましている時に、台所で二人の使用人と一緒に食事をし始めるのである。どんなワインだろうか。リグー夫人がありふれたワインで満足せねばならなかったのに対し、彼はブルゴーニュやボルドーの美味しいブドウからできた一番上等なワインや、シャンパンやルシヨン、ローヌ、スペインのワインを味わう。

昼食や夜食同様、夕食にもいつもご馳走が並ぶ。つくったのは、あらゆる料理人のあいだでも飛び抜けて腕のよい司祭のところの女中である。リグー夫人は週に二度、自分でバターをつくっていた。クリームはあらゆるソースに入っていた。野菜は棚から鍋へと投げ込まれるように収穫されていた。太陽や道の悪臭、店の中の食品が傷んだ空気に晒されて、新鮮に見せかけるように八百屋が水をかけ、いわば二度目の生長を遂げた野菜を食べ慣れているパリ市民は、田舎で味わえるような、自然がはかなくも効き目ある栄養を詰め込んだ野菜を、いわば生きたまま食べるようなことは知るよしもない。スーランジュから来る肉屋は、手強いリグーの愛顧を失うことを恐れて、最高級の肉を持ってきていた。家で育てられているヴォライユの味も、もちろん極上に違いない。

リグー夫人の料理はすべて新鮮なもので、香辛料が少しも使われていない。町では得ることができない自然の味の勝利であり、バルザックの理想の料理法を体現している。皮肉にも、バルザックは無知なリグーにそれを味わわせていて、「薄い唇や横に大きく開いた口は、彼がとどまるところを知らずに食べる人物であることを示している。両方の口角はコンマのように垂れ下がっているので、かなり飲む人物であることもわかるが、食べたり話したりする時には、そこから肉汁が垂れ、涎がはぜる」。後述するように、バルザックの作品中、食べることが好きな人物で感じの良い人はまれである。それに自分の胃を気にかけている徳のある人物というのは出てこない。

リグーの真逆にあるのが田舎医者のベナシスで、彼は〈人間喜劇〉における聖人のひとり、痛ましく、そしておそらく罪のあるその過去が読者の関心を掻き立てる人物のひとりである。

ベナシスは田舎にひとりで暮らし、面倒をみてくれるジャコットがいなかったら禁欲生活を送ることになっていただろう。ジャコットはバルザックの女中たちの中でももっとも心を引く人物で、誰もが自分の息子や独身の叔父のそばにいて欲しいと願うような女性である。単純で寛大、身の回りの物品には無頓着なベナシスは周囲

ベナシス　『田舎医者』の主人公。医者。かつて愛した女を見捨ててしまったという後悔から、寒村の発展に身を捧げる。

ジャコット　ベナシス医師の使用人。

への善行のためだけに生きており、彼女が必要であった。多くの洗練された料理女たちと同じく、ジャコットも司祭によって育てられた。つまり食べることが好きな聖職者のところで腕を磨いたのである。神父の菜園は地元では有名だった。この地方に住むにあたって、ベナシスは亡くなったばかりの神父の家と、家具、食器、布用品、地下蔵、鶏肉、馬車に馬と、家にあったすべてのものを買い取った。そして彼は、従者と料理女にもとどまるように頼んだのである。ジャコットは「料理女の類いの見本となるもので、つねに赤い水玉がちりばめられた茶色い更紗にくるまれた厚い胴着を着ていて、それを紐でくくって、ちょっとの動きで布地が裂けるのではないかというようなやり方で締めつけ」、家のことをすべて一手に握っていた。新しい主人となったベナシスは何も気にかけず、彼女を監視するようなことは一度もなかった。

　ベナシス医師が望んでいたことはただ二つ。六時に夕食を食べることと、月にある決まった額を越えて金を使わないことだけである。ジャコットはそのやり方を完璧にこなした。彼女は献立を決め、従者と馬小屋を管理し、食料を蔵に蓄え、豚を殺す時期も決めていた。長々とした叱責を受けないためにも、主人も従者も彼女が決定したことに疑問を差し挟むようなことはなかった。

　みんなが従う女はいつも歌っているものだ。ジャコットも笑っていたし、階段のところで歌をさえずっていたし、歌っていない時にはいつもハミングしていたし、ハミングしていない時にはいつも歌っていた。

話を聞きたがる人に、「ベナシス先生はあまりものごとを気にしない人だから、私がいなかったら、ウズラの代わりにキャベツを食べさせられたりして、ひどく不幸で可哀想な男になっていただろう」と繰り返した。

ジャコットは司祭が残した伝統を守っていこうと決意していたので、菜園には最大限の手間をかける。司祭の精神はいまだに家に留まっているように思われた。良質の菜園は、一年中果物や野菜を届けてくれる。熱狂的に梨を愛していたバルザックは、ルイ十四世の園芸家であったラ・カンチニーが、夏には九種、秋には十種、冬には二十七種に変化させて、四十七の多様な梨を育てることに成功したことをまちがいなく知っていただろう。ジャコットはこれほどたくさん望まなかったが、よきサヴォワ地方の女として、冬のキャベツと夏のイタリアキャベツを自慢したはずだ。さらに、菜園の保護壁の状態と水やりにも気をつけた。彼女の努力のおかげで、ベナシスと彼の家の人間は、ほとんど自給自足で生活することができる。ベナシスはたしかに身の回りのことには無関心だが、それは、ある強迫観念（彼が抱いている野心は、地方の経済制度を変えることである）にとらわれた男の無関心さであった。ジャコットは彼の無関心の本意を心底から理解していたので、招待客が使う部屋の状態をベナシスが気にかけたりすると、いらだった様子を見せるほどであった。部屋が完璧で、ベッドはまるで新婦のために準備されたようになっているだけでなく、客人が眠る時にはミルクを運ぶことまでする。彼女はこの家を自分の家のように思っている。小説の中で最初の料理が描かれるやいなや、その信頼できる仕事ぶりが感じられる。

『田舎医者』で、大事な客がなにか式典をせねばならない日にテーブルを覆っていた「ダマスク織の布は、アンリ四世の時代にグランドルジュ兄弟という腕のいい職人が発明した物で、兄弟の名がつけられたこの厚い布地は主婦たちになじみ深いものである。テーブルクロスは白く輝き、ジャコットが洗濯の時に混ぜたタイムの香りを放っていた。皿も青く縁取られた白のファイアンス陶器で、傷ひとつついていない。カラフは今では田舎にしか残っていない、古風な八角形のものだった。ナイフの柄はどれも角細工が施してあり、興味深い形が掘ってあった。こうした古風な、とはいえほとんど新品の贅沢な品々を見るにつけ、一同はそれらが、家の主人の人柄の良さと率直さに調和していると思うのである」。

ブイヨンスープは、これまでの料理女がやったことがないほどコトコト煮詰めて、たいへん滋味豊かなものである。バルザックは食材に明確に意見を示すので、もしブイヨンスープが美味しければ、その家のことは信頼していい。ジャコットがそのスープを昔のやり方でつくっていることはまちがいない。肉にごくわずかな

ファイアンス陶器　軟質の陶器で、イタリアの陶業地ファエンツァに由来する。

水を加えつつ、何時間もとろとろ煮込み、たえず灰汁《あく》をすくってつくるのだ。そして煮詰め終わるころに布で濾す。こうして骨から抽出されたゼラチンのみで濃厚になった、澄んだブイヨンスープが得られるのである。料理女の努力から得られる、この実にシンプルで完璧な逸品は、田舎にあるもっとも良質なものの中でも際立っている。バルザックはブイヨンスープに関心を寄せるあまり、この話が終わっても、ジャコットが準備した別のスープのことに触れている。エスカルゴのスープで、強壮になるため、ベナシス医師は患者にそのスープを持って行く。当時この治療法は頻繁におこなわれており、大料理人アントナン・カレームがレシピを残している。「ネギと小カブと一緒に水から茹でた一ダースのエスカルゴと四ダースのカエルの足を使う。ブイヨンスープは濾して、サフランで色づけし、それを朝と夕方に飲むこと」。

家事の天才ジャコットに対して、バルザックがおこなったかもしれない唯一の批判は、夕食の時に料理を次から次へと給仕することである。これはバルザックが好まない習慣だった。というのも、この習慣だと、食べることが大好きな人たちには、ものすごく食べることを強いるし、最初の料理で食欲が収まってしまう小食の人たちには、もっともよいものをなおざりにさせてしまうという欠点があるからだ。

ジャコットが唯一残念に思うのは、みなが自分をあまり讃えてくれないことだ。

サフラン　アヤメ科の多年草で香辛料として使われる。水に溶かすと鮮やかな黄色になる。

ベナシス医師にとって、食事は一日で中心的なものではないし、食卓につくのは気晴らしを求めてのことではなく、単に栄養摂取のためであった。料理女が積極的に主人たちの生活に関わっていくのは通常小さな田舎町ではよく見られたが、ジャコットの生活はそれとは大きく異なっていた。

　バス・ノルマンディー地方の小さな町アランソンに、コルモン嬢というひとりの老嬢が住んでいた。彼女の財産が、その魅力のすべてであった。彼女は言い寄ってくる男たちに囲まれ、いつも取り巻きをなす百五十人の人たちの上に君臨している。求婚を受け入れることができず、それでも男のことと結婚するということが頭から離れない。彼女は家の中が完璧に整っているように気を配ること、週に一度品良く夕食をとることで、自身を慰めていた。彼女の食卓はあまりにすばらしかったので、コルモン嬢を讃える人たちは、彼女のことを美食家のナイフをそそる「太っちょのヤマウズラ」のように思っていた。バルザックがはっきり書いていることによると、田舎では帝政下でもまだアンシャン・レジーム期のように二時に正餐《ディネ》をとっていたが、その習慣も徐々に変わっていき、コルモン嬢が宴を開く時代には、四時に食べていた。

　食堂は白と黒の床石が敷き詰めてあり、天井がない代わりに梁が塗られてい

コルモン嬢　『老嬢』の登場人物。フランス北西部に位置するアランソンに住む、金持ちで行き遅れの女性。

て、上の部分が大理石になっているすばらしいビュッフェが備えつけてある。田舎では、このビュッフェは胃袋に対して挑む戦いには欠かせない。フレスコ風に塗られた壁は花の格子模様が描かれている。椅子は漆塗りの籐製で、扉は天然のクルミ板である。すべてが、この家の内外に漂っている首長的な雰囲気を完全なものにしている。ここには田舎の精神がそっくり残っている。すべてが新しくもなければ古くもなく、若くもなければ老いぼれてもいない。

（『老嬢』より）

夕食会には二十人ほどの人が集まった。席次が小さな紙で示されたりしていてややもったいぶった会となっているが、常連たちはサロンに入る前、料理女のマリエットとちょっとのあいだお喋りするのに立ち止まる。マリエットは、招待客たちにメニューの説明をするのが好きで、この地方の料理を知りつくした偉大な料理人である。

マリエットは食べることに目がない裁判長が通り過ぎるのを見て、彼に言った。

「あら、デュ・ロンスレ様。あなた様のためにカリフラワーのグラタンをこしらえましたよ。だって、お嬢様はあなた様がどれほどカリフラワー好きかご存知ですからね。こう言っていましたよ。マリエット、あれを欠かしちゃいけな

デュ・ロンスレ　アランソンの裁判所長で、コルモン嬢の家にはたびたび食事に来ている。

いよ。今日は裁判長様がいらっしゃるんだからって」

「コルモン嬢はなんて気の利く方だ」と、この地方の司法官は答える。「マリエット、ブイヨンの代わりに、肉汁を加えてみたかい。そうすると、よりとろりとするよ」。裁判長は、マリエットが判決を下す裁判会議室たる台所に躊躇なく入っていき、そこに食通の一瞥を投げかけると、こんな玄人の意見を差しはさんだ。

「いらっしゃいませ、奥様」と小間使いのジョゼットがグランソン夫人に言う。「お嬢様は奥様のことをよくお考えですよ。今日は魚の料理がでますからね」

　この家と親しくなった騎士ヴァロワは、大君主のような軽快な口調でマリエットに言う。

「おやおや、レジオン・ドヌール勲章を捧げたくなる親愛なる料理名人殿。腹具合を加減しながら待っておくべき料理があったりするのではないかな」

「ええ、ええ、ヴァロワ様。プレヴォデから届いたウサギがありますわ。十四リーブルも重さがある代物ですわよ」

「なんたるお人だ」と、騎士はジョゼットに確かめるように言った。「なんと十四リーブルだって」

グランソン夫人　コルモン嬢とは遠縁にあたる。グランソン夫人の息子はコルモン嬢に恋している。

騎士ヴァロワ　宮廷貴族に近づく足がかりをつくろうとコルモン嬢との結婚を望む。デュ・ブスキエという男もまた、コルモン嬢の財産と町の名士たちとのコネを目当てに彼女に求婚しているので、ヴァロワとデュ・ブスキエは敵対関係になる。

田舎では、会話がしばしば味気ないものであっても、夕食は、ただの食事ではない。気晴らしであり、日々の生活のちょっとした憂さを晴らす娯楽である。夕食は、それ自体が大事なことである。これはパリではあまり見かけない。『老嬢』にこう書かれている。「パリでは食べる楽しみを押し隠している。ところが田舎ではものごとは自然におこなわれる。田舎の生活は、神がおつくりになったものに課した、この偉大で普遍的な生存手段に、あまりに集中されすぎているのではあるまいか」

リグー夫人、ジャコット、マリエットといったさまざまな料理女たちは、専制主義や善良さ、彼女たちの尊敬すべき主人たちの社交性を忠実に映し出すものであるが、それとは別に、グランデ氏の料理女ナノンやオション氏の女中グリットといった守銭奴たちの使用人にページを割かねばなるまい。ここで問題になるのは料理法ではなく、厳密に必要なことだけに出費を抑えるために使われる、さまざまな巧みな手口である。グランデの父は文学史上で吝嗇の象徴という不名誉をアルパゴンと分かち合っている。『ラブイユーズ』の脇役のひとりオションは、グランデには劣るが、頻繁に食卓に姿を現して、より興味深い。ケチだと幸福になることはまれであると誰もがわかっているが、驚くことにバルザックの作品では、食べることが好きな人も、それ以上に幸福であるわけではないのだ。

グランデ氏　八頁参照。金持ちで、かなりの倹約家。
オション氏　『ラブイユーズ』に登場する人物。地元きっての金持ちで吝嗇。
アルパゴン　七五頁参照。吝嗇の代名詞として頻繁に使われる。

第五章　吝嗇の食卓と食道楽の食卓

「生きるために食べねばならぬのであって、食べるために生きるのでは断じてない」とは、〈人間喜劇〉のすべての吝嗇なものたちが受け入れている、賞賛すべき格言だ。グランデやゴプセックについては入念に、オションについてはもっと簡単にその吝嗇ぶりを描いているものの、バルザックは他の人物の守銭奴ぶりも書かずにはいられなかった。全員が食べ物に対して同じ妄想を抱いているのだ。

『田舎ミューズ』の中で、ラ・ボードレ氏はブリオッシュを友人たちにあげたことで妻を非難している。『村の司祭』の主人公ヴェロニックの父親、屑鉄業者のソーヴィアの分別のない節約ぶりを伝えるために、大事な祝日の際に肉を買うためにエプロンから硬貨を一枚取り出す時の妻の絶望を描く。ソーヴィア夫妻は、いつもは、ニシンや豆、チーズ、サラダ菜に混ぜた固茹で卵で満足していた。ニンニクとタマネギのいくつかの束が彼らの唯一の蓄えである。この節約で彼らは財をなす。将来婿になるグラランもまた金持ちになるが、彼の倹約ぶりは「二十五年の間、誰

ラ・ボードレ氏　徴税請負人の息子。父が貴族に金を貸し、その債権を引き継いでいる。金持ちで吝嗇。

ブリオッシュ　バターを多く加えたパン。

ヴェロニック　リモージュを舞台にした『村の司祭』の物語の中心となるソーヴィア家の娘。病気で美貌を失う。父親は屑鉄業で各地を転々としながら倹約と蓄財に情熱を傾けて富を築いた。

グララン　リモージュの銀行家。多忙な仕事がたたり、醜い容姿になってしまった。ヴェロニックの夫になる。

であろうと一杯の水もやらぬ」という諺《ことわざ》のようなものであった。彼には社会で愛されるようになろうと願う気持ちが、それほどなかったのだ。

とはいえ、いま挙げた例にみられる特徴はほとんど風刺的なものに過ぎず、グランデやゴプセック、オションの人物描写はもっとかなり深く掘り下げられ、またそれぞれが違ったものである。彼らの食事のとり方や、他の人に食事を出すやり方は、つねに彼らのふるまい方の本質的な部分となっている。

グランデとゴプセックの二人は恐ろしい人物で、オションは滑稽な人物である。グランデは盗みまでやってしまうほどケチで強欲で、わずかばかりの富でも獲得できる機会を前にすると信条も投げ打ち、金を得るために金を求める人物だ。グランデは地方のブドウ園経営者との間で結んだ契約を破棄し、甥を裏切り、妻と娘をペテンにかけ、死の床では司祭が彼に近づけた銀製の十字架像を奪おうとするような抜け目ない行動をとる。

高利貸しのゴプセックも同じく金に崇拝を捧げる男であるが、バルザックは彼をグランデとは別の尋常ならざるタイプの人物としてつくりあげた。グランデとは反対に、彼の過去は謎で、いささか現実離れしている。グランデが日々の現実にしっかり根を張っているのに対し、ゴプセックは〈人間喜劇〉に出てくる時には高利貸しになっている。高利貸しは大昔からある職業で、ある意味で具体性を欠いた仕事である。地方の農地の経営者にとっては、寒波によって儲けになるか損になるかが決まりうるから、グランデはいつも外の天候をうかがっている。一方ゴプセックは、社交界の女たちが彼に預けたダイヤモンドが、彼にいくらもたらすかを計算するために立ち上がる必要すらない。この二人に共通しているのは強迫観念、つまりほとんど肉体的といっていいほどの金への愛である。錬金術が『絶対の探求』の主人公バルタザール・クラースを規定し、豪華さがユロ男爵を規定しているのと同様、金への情熱が彼らを決定しているのだ。

　一方、オションは二人のような能力は持ち合わせていない。読者は、彼が金を貯めていく姿をみることはできず、目にするのは、「ああ、いくらかかる」と金を使うことに苦しんでいる姿だ。オションはアンシャン・レジーム時代の徴税官で、革命の動乱を逃れ、イスーダンに静かに暮らしている。最初に登場した時には、八十五歳である。バルザックは唐突に話を始め、オションが娘の結婚の契約書を読み上げる際、それをさえぎって料理女が七面鳥を縛る紐を求める場面を描写している。主人であるオションはフロックコートのポケットから古い紐を一本取り出し、彼女に言う。「あとで返してくれよ」。これでオションの人物像はしっかりととらえられるが、さらに味を出すのは食卓でのふるまいである。オションは子どもじみた策略で、社会の人々を誤魔化してやろうと考えているケチな人物だ。妻の名づけ子であるアガト・ブリドーを、大迷惑と思いながら受け入れざるを得ない。アガトには息子のジョゼフが付き添っている。ジョゼフはまさに大芸術家にまさになろうと

バルタザール・クラース　四九頁参照。パリでラヴォワジエの下で化学を学んだ。ある日を境に錬金術に没頭するようになり、研究室に籠りきりになる。

ユロ男爵　『従妹ベット』の登場人物。好色な伊達男で、女優ジョゼファやマルネフ夫人の愛人。

イスーダン　フランス中部に位置するアンドル県の町。

アガト・ブリドー　画家ジョゼフ・ブリドー（九八頁）の母親。『ラブイユーズ』に出てくるイスーダンの医者ルージェの娘。女手ひとつで息子のフィリップとジョゼフを育てた。

している画家である。豊かな才能があり、パリのアトリエで身につけられるような勤勉さとで冗談好きな性格を備えた、バルザック好みの芸術家だ。彼らが到着した日、夕食に降りてくるとジョゼフは、老紳士がパンをあらかじめ一所懸命に切っているのを見かけた。その若者は「宿屋に泊まった方が良かったかもしれないな」とひとりごつ。彼はまちがっていなかった。

ブイヨンスープが出される。もちろん、肉や野菜をじっくり煮込んでいない透き通ったやつだ。あきらかに量で質をカバーしている。それから使用人のグリットは、昔のやり方でテーブルにすべての料理を並べた。ブルジョワ家庭では、一般的に茹で肉は茹でた野菜で囲んで出されていた。二皿目には新鮮な野菜の料理が招待客に供される。オションはこの習慣を自分の有利になるように解決した。茹で肉を「意気揚々と」パセリで囲んで出し、一方でブイヨンスープをとる時に使ったニンジンやカブ、タマネギで一皿つくり、サラダやスイバを添えた固茹で卵が別に出され、バニラ入りクリームの小瓶が置かれた。その小瓶も実際はバニラではなく、「チコリを煎ったコーヒーがモカに似ているのと同じように、バニラに似た焦がし燕麦で」代用していた。オションはパンプスの底のように、茹で肉を薄く、汁気を切ってスライスした。茹で肉は食通にはあまり高い評価を得ている料理ではないが、短時間で準備できるので、ひとりの使用人ですませなくてはならない家庭の料理に向いていた。それからグリットは鳩を三羽持ってきた。オション老人の顔つ

スイバ　タデ科の多年草。葉は食用で酸味がある。

燕麦　イネ科の一年草、越年草。からす麦は燕麦の一種。

きに、この莫大な出費が彼に与えた苦しみが見てとれた。七人に対して鳩が三羽とは、妻から押しつけられた気違い沙汰だった。妻はワインに関して口をはさむことがなかったので、オションは客たちに彼の名醸ワインの一八一一年ものを出した。一八一一年とはいえ、まずくて飲めないワインである。というのも、彗星の年のワインだが、ひどい収穫のものは飲むに耐えないワインになっていたからだ。

ジョゼフ・ブリドーは若く、お腹をすかしていた。ジョゼフと母アガトは朝六時に粗末なカフェで朝食をとっただけだったので、いま出されたものに食欲を刺激され、彼はパンのおかわりを頼んだ。

彗星の年のワイン　巨大彗星が現われた一八一一年の美味なワインのことを指す。またその年のワインでなくても、一八一一年のワインのように美味しいワインのことを「彗星のワイン」と言うこともある。

オションは立ち上がるとコートのポケットの底からゆっくりと鍵を探し出し、後ろの棚を開け、十二リーブルのパンの塊を掲げ、儀式張ったしぐさでひと切れ取ってから、二つに割って皿に置き、テーブル越しに若い画家に渡した。静かで冷静なその様子は、戦闘の始まりに「今日が最期の日になるかもしれぬ」とひとりつぶやく老兵を思わせた。ジョゼフはその半分を受け取り、これ以上パンをおかわりしてはならぬと理解した。ジョゼフにとっては常軌を逸したこの場面に、家族のものは誰ひとりとして驚いた様子はない。

（『ラブイユーズ』より）

さらに驚くことがあった　クルミとビスケットで囲んだわずかなチーズがデザートだったのだ。バルザックにとって、クルミは貧乏人の食事であることを言っておかねばなるまい。彼は、学生の時の屋根裏の下宿部屋で齧《かじ》っていたパンと木の実、あるいはパンとサクランボによる夕食を「ネズミの食事」と称して、死ぬまで何度も思い出している。オション夫人は客人のことを大事にしたかったので、グリッドに果物を持ってくるよう頼んだ。「しかし、奥様、もう腐った果物はございませんよ」とグリットが答える。痛みかけた果物から食べるという用心について、オションン家ではいかなる例外も認めないのだと理解したジョゼフは笑って吹き出し、この年老いた女中に、「いやいや、どんなものでもいただきますよ」と答えたのであった。

一方、ゴプセックは別の意味で抜け目のない男である。高利貸しの金は、他人の懐から直接くるものであろう。ゴプセックの若い頃は、荒々しい体験とともに謎に満ちている。水夫として二十年間、世界中を駆け巡っている間に体験したおそろしいできごとや突然襲ってきた恐怖、思いがけない喜びを、バルザックはそれとなく語っている。インドのオランダ領の港を長いあいだ渡ったのち、彼はアルゼンチンで過ごし、アメリカ独立戦争に参加し、当時もっとも有名な船長たちと知り合いになっている。バルザックは、なぜゴプセックがカルチェ・ラタンのグレ通り（現在のキュジャ通り）のみすぼらしい部屋に住み、その部屋で厳密さと知性をもって、他に例のない危険な仕事をしているのか、いっさい説明していない。彼の顧客は御曹司だったり、慎重さに欠ける上流階級の婦人だったり、破産寸前の銀行家たちであった。厳格で無情なゴプセックは、顧客たちのあらゆる企みやあらゆる嘘をひとことで見抜き、彼らを絶望に追いやったり無力にしてしまったりする。

『ゴプセック』では、物語はすべて彼の隣人の若い代訴人によって語られている。その隣人とは、独り立ちしたばかりで、最終的には〈人間喜劇〉の偉大な代訴人になるデルヴィル氏だ。彼はこのゴプセック老人に魅了されて観察する。ゴプセックはやせこけて、唯一の親戚である妹の子や孫とのわずかなつながりさえも完全に断ち、いつもひとりでいて――バルザックの作品では最後にすべての人のことがわかるようになっているので、読者はほどなくゴプセックが最終的に心を許すのは有名な高級娼婦エステルであるとわかる――、暖炉の角にはさんである鉄の保温プレートに、自分で煎れたコーヒーを乗せて満足している。ゴプセックはすばらしい人物で、なんでも知っていると、デルヴィルは言う。この「岩の上の牡蠣」のような老人は、どんな魔法を使って、話す前から閨房の秘密や破産を見抜いているのか。ゴプセックは声に至るまで節約をしていた。彼はわずかな音も出さず、その様子は彼の客、いやむしろ犠牲者というべき人たちとは対称的であった。彼らは「気が動転して叫ぶ。しかしそのあとで、台所で鴨が首を切られたように、静かになってしまう（『ゴプセック』より）」のである。ゴプセックは金と宝石で自分の腹を満たして

デルヴィル　『ゴプセック』の時には見習いの書記。ゴプセックに金を借りて事務所を買う。のち、セザール・ビロトー（五七頁）や『ゴリオ爺さん』に出てくるデルフィーヌ・ニュシンゲン（五九頁）の代訴人も務める。『ラブイユーズ』ではフランソワ・ゴドシャルがデルヴィルの事務所の見習いに入っている。

エステル　ゴプセックの娘。「しびれエイ」と呼ばれる。五四頁参照。

いるようにみえた。

ある日、デルヴィルはゴリオ爺さんの娘であるレストー伯爵夫人がダイヤモンドを担保に持ってくるのを目撃する。


青ざめた頬に血の気が差し、目は宝石の輝きが映って怪しげな光に輝いている。ゴプセックは立ち上がって明るいところに行くと、まるでそれを飲み込みたがっているかのように口のところへ持っていく。腕輪やイヤリング、首飾り、王冠をかわるがわるに持ち上げては、光沢や白さ、カッティングを吟味するために光に晒《さら》し、何か聞き取れないことをモグモグとつぶやいていた。宝石箱から出しては入れ、また出しては老人というよりは子どものように、いやむしろ、子どもと老人を一緒にしたように、あらゆる角度で光らせようと光に当てていた。


ゴプセックがダイヤモンド以外のものを食べることがあるのだろうか。

カサカサで痩せているが、足はシカのようにほっそりとして頑強で、日に一度、その界隈のロースト屋が持ってきたものを家で食べる。そして週に二度、デルヴィルが夕食に招待し、そこではヤマウズラの手羽やシャンパンを味わう。

食べ物との関係が完全におかしくなるのは、歳による錯乱状態に陥ってからであ

レストー伯爵夫人　『ゴプセック』『ゴリオ爺さん』に登場するレストー伯爵の妻。マクシム・ド・トラーユという人物の愛人で、その借金を返すためにゴプセックに夫のダイヤモンドを売ってしまう。

る。彼は貸しがある人たちに、現物で貢ぎ物を出すように要求し始める。ゴプセックは蓄えを積み重ねているが、それは一部の吝嗇な者たちがもつ辻褄の合わない性質で、その蓄えを使うことはしない。門番の表現を借りれば、「彼はすべてを飲み込むが、そのことでいま以上に肥えることはない」のである。これは「分別がなくなっても強い情熱が残っている老人たちがみな行き着く子どもじみた言動、理解に苦しむ頑固さ」の恐るべき兆候である。度を超えた言動を厭わないバルザックは、ゴプセックを通じて、珍重で高価な食事が腐りかけているところを描く。このような貪欲なウワバミ――グランデをウワバミにたとえるバルザックにならうなら――であるゴプセックは、すべての贈り物を受け取り、部屋に積み重ねていく。彼はそのために別に部屋を借りたのだった。

グランデは理性的で、金への情熱に忠実で、食べられない、もしくは食べたくないものはすべて転売していく。これに対して、老いぼれたゴプセックは買い取りをしようとする商人に難癖をつけ、話し合いが長引いている間に商品が傷んでしまうのだった。ゴプセックの死に際、デルヴィルは門番から呼ばれる。自分が弱まっていると感じたゴプセックは、「すべて捨てることを余儀なくされる」と意識して、デルヴィルを遺言の執行人に任命し、相続人の娘を探し出すことを頼み、彼女が「しびれエイ」と渾名《あだ》され、とても可愛らしいということまで伝える。そして「好きなものは何でも持っていって食べたまえ。フォワグラのパテ、コーヒーの包み、砂糖、金の匙もある」と最期の不思議な命令を下す。そしてまるで身を支えるように骨張った手を毛布の上に乗せると、息を引き取った。デルヴィルはその気違いじみた話にうろたえつつ、鍵を握りしめ、隣の部屋へ入る。

〔最初の部屋には〕腐ったパテだの、あらゆる種類のおびただしい食べ物だの、カビが生えた貝類や魚まであって、そのさまざまな臭いには息が詰まりそうになる。あちらこちらに蛆《うじ》や虫が湧いていた。最近もらったものも、いろいろな形の箱だのお茶の入れものだのコーヒーの包みだのにまぎれている。暖炉の上の銀のスープ皿の中には、ゴプセックの名宛でルアーブルに着いた品々の着荷の通知が入っている。綿の包みや砂糖の樽、樽詰めのラム酒、コーヒー、藍染料、タバコなど植民地の物産市のような騒ぎだ。〔中略〕再び彼の部屋に戻ってみると、机の上にこうした宝物が次第にごちゃごちゃに積み重なっていった理由がわかりました、とデルヴィルは伝えている。ゴプセックと商人たちの間でやり取りされた手紙が書類挟みの下から出てくる。それはゴプセックがおそらく普段、それらの贈り物を売っぱらっていた商人との間に交わされたものだった。ところが、この商人たちはゴプセックの手腕の被害者なのか、あるいはこうした食べ物の値段なり製品の価値を高く見積もったからか、すべての交渉が宙に浮いたままだった。シュヴェが三割引きまでにしなければ引き取

シュヴェ　パリの大型食料品店。八九頁参照。

らないとしていたので、ゴプセックは食料品をシュヴェに売り渡すところまでいっていなかったのだ。〔中略〕銀器に関しては、送料を負担するのを拒んでいた。コーヒーはどうかというと、目減りしても保証はしないという始末。結局、すべての商品が言い争いのタネになっていたのだ。

食べ物を台なしにしてしまうことと遺産を台なしにしてしまうことが並列して書かれている。ゴプセックは、自分の相続人である「しびれエイ」こと美しきエステルが自殺するのと同じ日に亡くなった。したがって、これらの財産はゴプセックにとっても、また他の誰にとっても、有用でないままに終わる。

吝嗇であることとの味気なさや無味乾燥な感じは、食卓の喜びを完全に否定することでイメージされよう。だが、ゴプセックはひとり暮らしなので、もし切り詰めることで苦しむとすれば、それは彼ひとりの問題だ。これはグランデ氏のケースとは異なる。グランデ氏は社会的な人物であり、家族と家に住んでいて、隣人たちに囲まれ、バルザックの料理女たちのなかでも名誉ある地位に値するナノンという本当に申し分のない女中に助けられている。

グランデ氏は専制君主のようで、妻、娘、そして女中の三人の女が仕えている。彼の家では「彼が眠ったら、みな眠らねばならない」。彼の望むように妻は眠り、食べ、飲み、歩いていた。妻は彼を恐れていたし、娘は呼ばれなければあえて彼に話しかけようとはしなかったであろう。ただ女中のナノンだけが彼に見られてもひるむことなく、グランデ氏が金を使う日々の局面でも、充分に自信を持って追加分を彼に要求したり、ときにはふざけたりして、パンやその日の食料品を取り仕切っていた。グランデ氏は彼女を信頼していたし、その頭の良さも認めていた。ナノンはグランデ氏の大臣、まるで忠実な犬のように彼の財産を守ってくれる大臣であった。すべてのことをしてくれて、早く起きて遅く寝る——その権限が、妻の愚かさと娘のまぬけっぷりと較べて際立つ、そんな大臣であった。グランデ氏がいない時、小作人たちから使用料を受け取るのはグランデ夫人ではなく、ナノンである。秘密の取引をおこなう時に彼が金を移すのを任せたのもナノンである。

グランデ氏はどのように家を管理していたのだろうか。彼は妻が自分の原則を理解できないと判断し、すべての権限を彼女から剝奪した。ゆえにメニューの作成を監視するのは彼ひとりだ。基本となる理論は単純で、たとえ一スーたりともポケットに入れて外出しないということであった。つまり何も買わないことである。かなりの倹約家でも、パンはパン屋で調達する。ところがグランデ家では、週に一度、家でパンを焼いていた。肉は決して買わない。グランデ氏は最低限必要なもの以外はすぐに全部売っぱらってしまっていたが、売らずに自分たちで食べれば、小作人たちが差し出すもので、若鶏や鶏肉、ジビエ、川魚、ウナギ、カワカマス、卵、果物も完全に賄《まかな》うことができたことだろう。

グランデ家は少食であることをはっきり言っておかねばならない。ブイヨンスープをつくらねばならぬ時は、カラスを一羽殺す。家族は日に砂糖をひとかけ、それもほんのひと口だけ食べること許されている。時間がある時に砂糖を切って楽しむのは、グランデ氏その人だ。というのも、砂糖はいつもパンと交換で売られているからだ。王政復古期には、サトウキビの販売が自由化されたことと甜菜《てんさい》糖が登場したことによって砂糖の値段が下がり、大量に消費されるものになっていくが、グランデ氏にとって砂糖は非常に贅沢なものであり続けた。それはまさにコーヒーも同じことで、フランスではコーヒーはかなり前から、あらゆる社会階層の間でもっとも広まった飲み物となっていた。レ・アールが開くと、ブリキの水入れを背負った女たちが、コーヒーを土瓶に注いで町を行き交う人たちに二スーで渡していた。砂糖は絶大な影響力があったわけではなく、ミルクがコーヒーを充分まろやかにしており、職人たちの日の一番の力づけとなっていた。グランデ氏でさえ、家族からコーヒーをあえてとりあげるようなことはしなかったが、ナノンにはほんの少しだけ注ぐよう命じていた。

ではグランデ家では、どのように食事をとっていたのだろうか。目覚めにコーヒーを一杯、十一時にはほとんど何もなし。座ることすらしない。食べ物はいかなる喜びももたらさない。昼食は果物やパンのはじっこ、それに白ワインを一杯、立ったまま急いで食べる。ソミュール地方ではワインはいくらもしないので、インドで紅茶をふるまうようにワインを出していたことを言っておかねばなるまい。グランデ氏が客を招いたりする非常に特別な場合を除けば、夕食はスープと鶏肉がひと口。特別な場合というのも、二十年間で四回だけだ。この時は、地下蔵（バルザックが描く地下蔵にしまわれている宝は尽きることがない）からすばらしいワインを出すことができたし、ジビエや魚を料理することが許された。が、同時に、彼が席をはずすことを余儀なくされている場合は、一日中何も食べないですませることもありえた。

グランデ家では誰も一度も病気にならず、この修道院のような食事は健康によいはずだった。たぐいまれなる品の良さをもったパリの若者、従弟シャルルがあらわれるまで、この習慣は彼の家族にとってあたりまえのことだった。

シャルルはある夜、父の命で突然グランデ家にやってくる。彼は自分の父が最近破産して、自殺してしまったことを知らない。グランデ氏は甥が到着すると、彼が差し出した封書を読んでその一件を知るが、表情に出さないようにしている。それぞれが寝室に行くが、翌日、従弟の美しさに感動というよりむしろ狼狽したウジェニーは、暮らしぶりを改善しようと心に決める。彼女は、シャルルが目覚めの一杯のコーヒーで満足するような習慣を持ち合わせていないのではないかと考える。とはいえ、このグランデ家でいったい何を出すことができたであろうか。彼女はどんなことであろうと父にお願いするのは恐ろしく、女中のナノンに自分の考えを打ち

シャルル・グランデ　ウジェニー・グランデの従弟。二六頁参照。ウジェニーは彼に想いを寄せている。シャルルは身を立てるために旅に出る決心をし、ウジェニーは貯めていた金貨をシャルルに渡して支援する。二人は結婚の約束をするが、ウジェニーはシャルルから一通の手紙も受け取ることのないまま、何年も時が過ぎる。その間、シャルルは汚い商売に手を染め、金を求め、社交界に出るために別の女と結婚する。捨てられたウジェニーは別の男と結婚するが、結婚直後に夫が亡くなり寡婦となる。

明ける。父が仕事にでかけるやいなや女たちはせっせと動きだす。ナノンはウジェニーが節約して貯めた数スーを持って、砂糖とコーヒーを買いにいくことを引き受ける。ついに美しいシャルルが目を覚まし、喜劇が始まる。シャルルは昼食に何を欲しがるのだろう。たいしたものではなく、おそらくヤマウズラかヴォライユあたりだろう。ナノンはうろたえず、農夫が彼女に渡してくれた半熟卵を二つと、きれいにならんだブドウとカフェオレを彼に出し、ウジェニーはコーヒーカップの前に小皿と砂糖を差し出した。そして彼女は暖炉のそばに小さなテーブルを置き、部屋がより心地良く感じられるように、火の近くに椅子を引き寄せた。従弟は新鮮な卵にうっとりしたが、コーヒーがあまりにまずかったので大笑いしてしまう。ナノンは適量を入れたつもりだったのだが、グランデ家のコーヒーは色のついた水でしかなかった。

その頃フランスでは、フィルターで分かれた二つの容器でできたシャプタルのコーヒーメーカーが広まっていたが、グランデ家ではいまだにコーヒーを煮立たせていた。これではコーヒーは濁ってしまう（バルザックはデュベロワのものよりシャプタルのコーヒーメーカーのほうを好んでいた。デュベロワ式の淹れ方はコーヒーを漉すスタイルで、アレクサンドル・デュマによると特に濃く、神経を興奮させるコーヒーができる）。

グランデ氏の足音が聞こえる。大惨事は免《まぬが》れえない。グランデ夫人はおびえた鹿のように立ち上がり、ウジェニーは小皿を下げ、二個の砂糖だけがテーブルに残った。ナノンは急いで卵の皿を片づける。しかし努力は水の泡だった。グランデ氏はその場面をすべて見ており、ひと目で妻を凍えあがらせる。娘が自分にブドウをおずおずと渡そうとして顔を向けていることに驚くが、すぐに彼は家の秩序を回復させたのだった。ほどなくシャルルは、グランデ叔父が課す規則に従わねばならなくなる。

この物語の最後はご存知の通りだ。シャルルは再び財を成そうとインドに旅立ち、ウジェニーはその旅立ちがうまくいくように彼女が貯めたものを金貨にして彼に渡す。そのことを知った父は怒りに狂い、娘に乾パンと水しか与えない。予想通り、物語の最後は悲しい。グランデ夫人は死に、シャルルからの知らせを一度も受け取ることがなかったウジェニーは、父のそばで暮らしていた。グランデ氏は娘に厳しい節約の習慣を根づかせることにようやく成功したと思い、家の指揮権を心おきなく彼女に委ねられることを認める。グランデ氏は痩せ細り、発作に襲われ麻痺状態になる。ほとんど食事もとらず、しかしウジェニーがテーブルに広げてみせたルイ金貨を何時間もじっと見つめていて、「これで暖まるわい」と、ときおり至福の表情を浮かべて言うのである。

金貨で腹を満たしていた過ぎし日のことを考えていたのだろうか。働き盛りの頃、「金儲けに関しては、グランデ氏は虎とウワバミのようであった。身を伏せ、うずくまり、獲物を長いこと狙っては、その上に飛びかかることを心得ていた。それから財布の口をぱくりと開き、金貨をそこにたっぷり詰め込んで、まるで平然と、冷静に、順序立て消化する蛇のように、静かに横になるのである」（『ウジェニー・グランデ』より）。これがケチな人たちの唯一にして真の食事なのだ。

他の何よりも金を飲み込むことを好む大吝嗇とは反対に、食べることが大好きな人々には、食事の喜びに対して昔から続いている考え方がある。ここでは食べることが好きな男たちのことを言うのであって、女性のことは言わない。というのも、この時代の小説に出てくる上流社会の女性たちは、少ししか食べないからだ。たとえ彼女たちのうち何人かが例外的に、美味しい料理を大切にしていたとしても、女たちには上等なワインから得られる喜びを味わう能力がないとモーパッサンは言う。

バルザックの作品では、カディニャン公妃だけは、禁欲的でつれない態度のダルテスを誘惑しようとする際に、極度な節食をやめて、あるがままの姿を見せ、しっかり食事をすることで事態を進められると悟っている。しかし一般的には、大部分の女性は太ることをたいへん恐れて、食卓に執着しない。『結婚生活の小さな悲惨』にこう書かれている。

ダニエル・ダルテス　五六頁参照。文学修行をしている青年で、リュシアン・ド・リュバンプレの仲間。のちにリュシアンはダルテスの作品をやむなく酷評することになるが、ダルテスはそれを赦す。

カディニャン公妃　ディアーヌ・ド・モーフリニューズ公爵夫人（五四頁参照）のこと。たぐいまれな美貌の持ち主で浪費家。

『結婚生活の小さな悲惨』〈人間喜劇〉の中で分析的研究に分類される作品。小説風に社会生活を論じた作品のひとつ。

女たちは招待された晩餐会で、少ししか食べない。彼女たちがこっそり着込んでいる締めつけの強い服のせいだ。彼女たちは礼装のコルセットを身に着けていて、目も舌も抜け目ない女たちにそれぞれが向かい合っているのだ。ザリガニを啜ったり、ウズラのグラタンを飲み込んだり、ライチョウの手羽を捻ってみたり、フランス料理の栄光をつくりだしているソースに飾られたとても新鮮な魚から手をつけてみたりと、彼女たちは美味しい食事ではなく、見目美しい食事を好むのである。フランスはセンスによって、絵画や流行などあらゆるものの上に君臨する。料理において、ソースはセンスの華々しい勝利である。そのため、女工であろうが、ブルジョワの女であろうが、公爵夫人であろうが、みごとなワインとちょっとしたすばらしい夕食にうっとりし、それをほんの少量味わって果物でしめる。こうしたことはパリでしか起こらない。それもとりわけ、見せ物を見に行った時のボックス席などで、舞台を説明するために耳元でそっとささやく軽口やらを聞きながら、こうしたちょっとの食事を消化するのである。

いままで見てきたように、男たちはこうした繊細さを持ち合わせていないのだが、興味深いことに、〈人間喜劇〉の中では食べることが好きな人たちが幸福になる場面はなかなか見られない。彼らが、妻から頻繁に騙されたり、周りのものに軽

視されたり、女をものにできずに苦しんでいたり、たんに退屈していたりしても、それは偶然のことではないのだ。バルザックはベッドでの不幸と食卓の喜びを好んで結びつけた。彼にとって、旺盛な食欲は、多くの場合、なんらかの代償をともなうものなのだ。そもそも女たちは、夫や愛人の食欲を利用する。彼女たちは、ご馳走は餌としてよりも、何かの埋め合わせとして出す時の方が良い結果を生むことをたちまちのうちに学ぶ。バルザックは『結婚の生理学』でそのケースをこのように考えている。

夫婦関係の不幸が、ある美食家の頭上に落ちたと仮定しよう。当然のことながら、夫は自分の嗜好に慰めを求める。彼の喜びは、自分の存在を他の感覚で感じられるものに逃げ込むことで、別の習慣をとるようになるのだ。別の感覚を身につけることになるのである。

ある日、役所からの帰り道、あなたはシュヴェの店の飾り棚に美味しそうなものがたっぷり並んでいるのを前にして長いこと立ち止まり、財布から出さねばならぬ百フランという金額と、ストラスブールのフォワグラのパテが約束してくれる悦楽の間で迷ったあげく、帰ってみると食卓の上に、傲然とそのパテが乗っかっているのを見て呆然とする。これはいったい美食家がみる蜃気楼であろうか。〔中略〕半信半疑であなたは「彼（パテは生命をもった存在なので

『結婚の生理学』　『結婚生活の小さな悲惨』と同様、分析的研究に分類される作品。結婚生活の実態やあるべき形、結婚生活を上手く送る方法などが論じられている。

こう呼んでもいい)」のほうへしっかりした足取りで歩く。黄金色に輝く精巧な表皮を通り抜けてその香りが漂ってくるトリュフの匂いに屈服して、馬がいななくような格好になってしまう。あなたは別々の姿勢で二度、身を傾ける。口蓋のどの味蕾にもひとつの魂が宿っている。あなたは真の饗宴の喜びを味わう。こうした陶酔ののち、後悔の念に苛《さいな》まれ、あなたは妻のもとにやってくる。

「ねえ、きみ。実のところ、わたしたちにはあんなパテを買うことが許されるほどの財産なんてないのだよ」

「でも一銭もかかってないんですよ」

「なんだって?」

「そうですわ。アシールさんのご兄弟があの方に送ってよこしたんです」

あなたは部屋の一隅にアシール氏の姿をみとめる。その独身男はあなたに挨拶し、あなたがパテを受け取ったのを見て嬉しそうだ。あなたは妻が顔を赤らめるのを見る。あなたは何度も顎をさすりながら、髭に手をやる。こうして、あなたが礼を言わないところをみて、この二人の恋人はあなたがこの埋め合わせを受け取ったのだと理解するのである。

まるでパテでは充分でないかのように、妻はオダリスクの女のようにふるまっ

オダリスク イスラムの君主のハレムに仕える寵姫や女奴隷のこと。

て、夜のコーヒーを出す。「彼女は（夫がお気に入りの飲み物を）丁寧に抽出し、砂糖を加え、味をみて、微笑みながら彼にその飲み物を差し出した」。これがバルザックによる幸福な食道楽である。

先に述べたように、本当の美食家は決して勝利者とはならない。『アルベール・サヴァリュス』の貴族ド・ヴァットヴィル氏は、バルザックが板張りの隙間に隠れた門番にたとえるように、もの静かな男である。ヴァットヴィル氏が結婚したのは、信心深く、陰気で、つんつんととりすましていて、しかも多額の財産を相続した女性だった。家庭内が陽気でなかったことをあえて書き足すこともないだろう。ヴァットヴィル氏は素っ気なく、才気もなく、手がつけられぬほど無知だったので、結婚当初から、この先自分が妻の上に立つことはないだろうと悟る。慰みに、彼は昆虫や貝を収集し始め、それから食事に没頭することになる。彼の家では「料理は美味であった。暇つぶしと気晴らしにソムリエ役を買って出るヴァットヴィル氏が選んだワインは、県内でも有名であった」。

このように、彼が勝ち取ったささやかな栄光は、それでも彼の存在を照らし出すには充分なものではないが、壮麗な夕食が準備されるおかげで彼は時を過ごすことができた。

もうひとりの不幸な夫はモンペルサン伯爵である。妻に騙された彼は、大食症に

ド・ヴァットヴィル氏　ブザンソンの町を舞台にした『アルベール・サヴァリュス』に出てくる人物。物語はこのド・ヴァットヴィル男爵の一人娘ロザリーと、彼女が恋するアルベール・サヴァリスを巡って繰り広げられる。

モンペルサン伯爵　『ことづけ』に出てくる人物。物語の語り手は馬車の事故に会い、乗り合わせた瀕死の青年から手紙を受け取る。手紙の受取人は青年の恋人のモンペルサン伯爵夫人。夫人はその知らせを聞く前に事態を悟り、気分を悪くして姿を消す。その間、普段は夫人から節食を強いられている夫のモンペルサン伯爵は、心ゆくまで食事する。

ようになってしまう。伯爵の妻が失踪し、人々は彼女がよもや水に飛び込んだのではないかと心配しているにもかかわらず、伯爵はテーブルから離れず食事を続けていることに、伯爵家を訪れた人物のひとりが驚いている。伯爵夫人の絶望の原因が愛人の事故死にあるのは確かだが、だからといって夫が冷静沈着でいていいはずはない。「彼には、動物の食欲の方が人間のもつあらゆる感覚に優先されていた（『ことづけ』より）」のである。

不仲の夫婦生活にあり、食事だけが楽しみな夫たちの中で、ボーセアン氏のためには、別にページを割かねばなるまい。ボーセアン子爵はきわめて品あるパリジャンで、妻が「その時代の著名な無頼者のひとりである」美しきダジュダ＝ピント侯爵に情熱を注いでも苦しむことができない。彼らの階級では、貞節は美徳というより滑稽なことであった。その上、妻に愛人がいることで、夫婦連れだってイタリア劇団の夜会に行かずにすむというのは喜ばしいことだ。しかし、もともとボーセアン氏は退屈な日々を過ごしていて、「もはや美味しい食事の喜び以外の楽しみをあまり感じなかった」。自らの主君ルイ十八世にならって、食卓に二倍の豪華さ、すなわち「容器の豪華さと、中身の豪華さ」を求めた。「みなが知るように、王政復古期でもっとも高いレベルにまで押し上げられた」食卓の豪華さが、彼の食堂を輝かせていた。その時、食事にかける美学が彼の中できわみに達していたことはまちがいない。バルザックがそうであったように、ボーセアン子爵を魅了するのは、彫

ボーセアン氏　『ゴリオ爺さん』などに登場する人物。美食だけを楽しみに生き、妻とその愛人の関係を黙認している。
ダジュダ＝ピント侯爵　ボーセアン子爵夫人（七五、九六頁参照）の愛人。裕福な貴族で、ボーセアン夫人との情事のあとで彼女を捨てる。

刻を施したすばらしい銀食器であり、他に類をみないほど繊細な布地であり、静かな給仕であり、食事の香気を損ないかねない品のない匂いがしないことであった。彼は完璧な盛りつけを要求していた。見た目の喜びはその味に勝る。大料理人アントナン・カレームの例に従って、ボーセアン氏のシェフが、花びらの形に切ったトリュフ、海藻でつくった巣の中に隠した牡蠣、ごく小さく重ねて組んだキャベツの葉、ホオジロのくちばしで支えているホウレン草やレタス、それにさまざまな色合いのアスピックを料理に使ったことはまちがいない。果物や野菜は装飾用のムースとしてのみ並べられたはずだ。あらゆるものが秘められ、複雑で、繊細だった。かつて「軍人たちが屋内外において彼らを待ち受けているあらゆる戦闘に備えて精力をつける必要」があった帝政期の舞踏会で最後に供されたハムやイノシシの頭部やレア焼きの肉が山積みの夜食が、この子爵の目には品のないものに見えたのも当然である。『ゴリオ爺さん』の時にはまだ貧しい学生であったラスティニャックに、究極の豪華さ、詩的な豪華さをかいま見させたのは、このボーセアン氏である。

しかしヴァットヴィルやモンペルサン、ボーセアンといった人物たちは、食事への情熱がその運命を決める『ラブイユーズ』のルージェ父子や従兄ポンスたちに較べれば、その姿は彫り込まれた食道楽というよりもむしろ素描された食道楽でしかない。

『ラブイユーズ』はバルザックの作品の中でも、もっとも背徳的で、もっとも

アスピック　肉や魚、野菜などをスープで冷やして固めたゼリー状の料理。

『ラブイユーズ』「ラブイエ」とは、ザリガニを捕るために棒などで水を濁らせること。『ラブイユーズ』はラブイエしていた少女フロールを連れ帰ったルージェ家の遺産の行方が物語の中心のひとつ。

ルージェ父子　ルージェ医師と息子のジャン＝ジャックのこと。

次々と話が展開し、もっともドラマチックな小説のひとつである。多数の登場人物が舞台前面で争い、読者をパリからアメリカ経由でイスーダンへと連れていく。先ほど、その登場人物たちのひとり、吝嗇なオション翁のことは書いたので、今度はオション同様イスーダンに住んでいるルージェ医師とその息子を見てみることにしよう。二人ともがそれぞれのやり方で、そしてまったく違った理由から食卓を深く愛した人物たちである。

ルージェ医師は「狡猾で倒錯した老人」で、息子の方は完全に無能である。ある回診から帰ってくる時に、ルージェ医師はボロ着をまとった美しい少女がザリガニをとるために川上に追い込んでいるのを目にする。立ち止まって彼女に話しかけ、少女が十二歳であることを知ると、家についてこないかと聞いた。「たくさん食べられるし、きれいな服も着られるよ。かわいい靴もあげよう」と、彼女の決心を促すように言う。この企てを完遂するため、彼は一緒にいた少女の叔父に二百エキュという魅力的な額の金を渡そうと持ちかける。

家に戻り、彼女の顔を洗わせる。この少女フロールは彼の上の部屋で眠ることになる。ルージェ医師は仕立屋や靴屋を集め、フロールを人前に出せるようにした。その後、彼女が文字を読み、計算ができるよう教師をつける。彼は自分を小さなルイ十五世であると仮想し、そう遠くない夜会での楽しみを準備することに喜びを感じていた。しかし七十歳になり、「老年の花盛りにあって」、果実を摘む時がくると、「放蕩のたくらみが自然によって裏をかかれた」ことを認めざるを得なかった。それでもフロールはこの家に住み続ける。とりわけ、今の生活と、自分が叔父と一緒に送っていたかもしれない生活とを較べたら、今のほうがずっと快適であった。そもそも彼女は、田舎者のある種の良識をもって「空腹の地獄や永遠に続く苦労から引き上げてくれることはすべて許されるものである」と考え、「東ローマ帝国で女奴隷がしていたように」医者の要求に従うことを厭わなかった。技法をよく心得ているバルザックは、詳細に説明することなく、ただ、この底知れぬ深みをかいま見させる。フロールが美しいことで、ルージェ医師の挫折はいっそう激しいものになり、彼を蝕《むしば》む。彼は自らを慰めるために食卓へと向かう。ベリー地方の太った女中ファンシェットの才能がつくりだすみごとな食卓であるが、彼女の才能は、ルージェ医師が磨き上げたものでもあった。というのも、彼が医学を学んでいる時にパリで得た化学の知識を、料理法に適応しているからだ。〈人間喜劇〉に出てくる唯一のレシピは、ルージェ医師によるものである。

ベリー地方　フランス中部に位置する地域。イスーダンはベリー地方の町。

ベリー地方以外には伝わらなかったものの、イスーダンでは料理にほどこしたいくつかの工夫で彼は名声を得ている。彼はふつうの料理女がしているように卵の白身と黄身を一緒にして乱暴にかき混ぜたりしないほうが、オムレツはずっと繊細な味になることを発見した。彼によると、白身がムース状になるまで泡立てて、そこに少しずつ黄身を加えていかなければならず、フライパンを使うのではなく磁器かファイアンス陶器のカニャールを使うべきであるらしい。カニャールとは、四つ足のついた厚い皿のようなもので、炉の上に置いた時に空気が間を通ることで、火で皿が割れないようになっている。〔中略〕ルージェ医師はまたルーの苦みを抑える方法も発見したが、この秘密は残念なことに彼自身の料理に限られていたので、知られぬまま失われてしまった。

ルージェ医師の食卓は、友人たちが集う食卓ではない。彼は地元で好かれておらず、近所の人や取巻きは彼を恐れていた。彼が自分の妻を不幸にしたことや、娘アガトを理由もなく酷《ひど》く扱っていることは、みなが知るところである。つき合いやすい人物ではないが、それぞれが彼に愛想良くして、一方で放蕩者との陰口をたたいている。

「あんな老いぼれた猿が、あの歳で十五の娘に何ができるって言うんです」ラブイユーズが到着して二年後、みながそんなふうに話していた。
「おっしゃる通りですな」と、もうひとりが答える。「盛りの歳は、とうに過ぎていますからな…」
「まぁ、あの悪辣なじいさんは旧約聖書でも読んだんじゃなかろうか。医者

アガト　画家ジョゼフ・ブリドーの母アガト・ブリドー（一三七頁参照）のこと。ルージェ医師はアガトの父だが、彼はアガトのことを妻が浮気をしてできた子だと疑い、遺産をすべてアガトの兄ジャン＝リュックに相続させる。

として読んだだけかもしれないが、どうやってダビデ王が老年の血を再び沸き立たせたかを見たんじゃないか」

美しい娘フロールがいるのに、彼の内面は晴れやかにはならない。息子の情けないほどの愚鈍さがそれに加わり、フロールの存在がつねにイライラのもとになる。それにみなが食事を一緒にとりたがらないことも、いらだちの原因であった。

ルージェ医師にとって、料理の重要さは計り知れないものである。彼が死ぬと、フロールは息子ジャン＝ジャックの愛人になる。彼は彼女を狂わんばかりに愛しているたいそうな愚か者で、フロールは権威と能力を発揮して家の指揮権を握る。彼女は非常に注意深く、女中のファンシェットを見張っていた。自分が指揮するようになるとファンシェットは家に残らないのではないだろうと考え、別の料理女に代えるか、他の女中を料理女として育てられるようにしたいと思っていたからだ。こうしてフロールはジャン＝ジャックに近づく。この男は日々をまったく無駄過ごし、すべての喜びは彼女しだいになっていていく。

食事を司祭並みの豪華さにした。ジャン＝ジャック・ルージェは美食の道に引きこまれ、ますますたくさん食べるようになった。〔中略〕こうした美味しくて、量もたくさんある食事をとっていても、彼はほとんど太らなかった。おそらく消化に原因があるのかもしれないが、彼は疲労した人間のように日に日に衰弱していき、目は濃い隈《くま》ができた。

夕食のあと、彼はいびきをかいて眠る。人は一世代で食道楽から大食漢へと転げ落ちる。食通の父には、食事を愛することが慰めをもたらしていた。一方、フォアグラのパテが原因で消化不良をおこして死んでしまう息子にとって、大食いは運命を決するものであった。

ジャン=ジャック・ルージェの最期は、行き過ぎはなんでも人生を短くしてしまうとするバルザックの哲学に、そのまま合致する。バルザックの父は自分の父と似たような考えを持ち続けていた。思い出してみよう。バルザックの父は決して夕食は食べなかったし、美味しすぎる食事の危険についてつねに述べていた。「美味しすぎる食事は横隔膜のなかの第二の脳によって脳を消滅させる。〔中略〕四十歳を越えた男であれば、誰が夕食後に働く気になったりするだろう。そのため、偉人と言われる人たちは、総じて食べることには節制を守っていた」(『従兄ポンス』より)。

バルザックがあらゆる食通を判じる時にもっていた厳しさは、注目に値する。バルザックの作品において、食べることが好きな者たちは、良い人生を送るわけではないのだ。彼らは意地の悪い人間か、さもなければ、偏愛の奴隷となっている人物たちである。〈人間喜劇〉の中でとりわけ食べることを好んだ従兄ポンスは、食べ過ぎではなく苦しみで死ぬが、彼のすべての苦しみは食卓への貪欲な偏愛が原因である。

従兄ポンスはほんとうに食べることが好きで、実際に舌なめずりをする。彼は料理をしないので、ほんのわずかでも料理法の知識を語ることなく、シェフや料理女に手ほどきすることは一度もない。彼はいつも他人の家で食事をした。登場の場面から、彼は「まるでうまい取引を終えたばかりの商人か、あるいは女の部屋から出てきて自分に満足しきっている男のように、うつむき加減で、偽善的な様子を口に浮かべて、イタリア大通りに沿って歩いている」(『従兄ポンス』より)。実際は、女の部屋から出きたわけではなく、いとこで裁判長のカミュゾ＝ド＝マルヴィルの家ですばらしい夕食をしようという心づもりである。

シルヴァン・ポンスは、帝政下で一時期大流行した才能ある音楽家で、魅力的な作曲家である。勇敢で優しく、「愛情があり、夢見がちで繊細な魂をもつ」男だった。若い頃、即興でロマンスをつくり、何本かオペラを作曲し、コンサートを企画し、あまりに頻繁に夕食に招かれるので「弁護士が訴訟を書き付けるように」、手帳に招待されたことを記していた。彼はまちがいなくキャリアのある音楽家だが、情熱を傾ける対象は二つ、食卓と骨董品、より正確に言えば、過小に評価されている美術品や絵画を探し求めることにあった。ポンスはこの骨董品への偏愛を秘密にしている。幾人かの商人をのぞけば、彼が何年もかけて集めたすばらしいコレク

カミュゾ＝ド＝マルヴィル　カミュゾ男爵の息子。カミュゾ男爵は裕福な絹商人で、愛人の女優コラリー（一〇六頁参照）をリュシアン・ド・リュバンプレに奪われた。カミュゾ男爵の妻はポンスのいとこにあたる。つまりカミュゾ＝ド＝マルヴィルは、従兄ポンスことシルヴァン・ポンスの、いとこの子である。

ションを気にするものはひとりもいなかった。食卓への偏愛はみなが知るところで、しまいには彼に不幸に継ぐ不幸をもたらす。ポンスの食道楽は、この小説の真の原動力となっている。

残酷な食欲は、どのように彼のところにやってきたのだろうか。バルザックはきわめて簡単に説明する。ポンスは女性が自分に微笑みかけてくれるのを、一度も目にしたことがなかった。それも当然で、彼の顔には穴杓子のような穴があいていたのだ。カボチャのように潰れていて、ドン・キホーテ風の鼻がどんと居座っているようでは、どうして女性が気にかけてくれるだろう。

多くの人はこうした運命をもっている。ポンスは生まれつき怪物のような顔だった。年老いた両親の間にできた彼は、時期をはずして生まれたことを示す痕が死人のように青白い顔に残っている。その顔色は、化学者がある種の特別な胎児を入れておくアルコールの瓶の中で色づけされたようだった。〔中略〕醜い容姿がゆえ、むりやり自分の性格を受け入れねばならなかったこの芸術家は、とうてい愛されないものとあきらめていた。だから彼の場合、独身でいるのは、好き好んでのことではなく、必然のことだった。食い道楽というものっとも徳を欠いた罪が、彼に手を差し伸べる。彼は芸術作品への愛好や、音楽への賛美に飛び込んだ時のように、その罪に飛び込んでいった。美食と骨董市は、彼にとって妻の代わりだった。なぜなら、音楽は彼の仕事だったからだ。生活のためにする仕事は、愛の対象になることはない。時が経つに連れて、職業と結婚は似たようなものになる。人はその不都合な面しか感じなくなるのだ。

もてはやされている間は、この徳を欠いた罪は彼に喜びのみを与え、毎晩、町で夕食をとっていた。みながそれぞれ彼のために宴を開いた。仕事机に繋がれていたバルザックが夢見ていたことでもあるが、人々がインゲン豆やグリンピース、旬のイチゴ、もっとも味わい深い果物を持ってきてくれた。ポンスを迎えた家の主たちは、家でもっとも上等なワインの栓を抜き、デザートやコーヒー、リキュールに手をかけ、最善を尽くして彼を大事に扱った。「帝政時代、多くの家が、パリに居を構えた君主や王妃、王侯たちの豪奢な生活をまねており、それにふさわしくポンスをもてなしていた」。

小説が始まる一八四四年、ポンスはほぼ六十歳になっている。耐えるには重い六十歳だ。というのも、醜く貧しくあるのは、「三倍老けていることにならないだろうか」。今ではもう音楽家として高く評価されてもいないし、女たちが住む下宿屋でピアノのレッスンをしたり、二流の劇場のオーケストラを指揮したりするまでに落ちぶれていた。まだ近しい者たちが彼を食事に招待することはあっても、熱狂的に招き入れられることはなくなっていたので、彼は呼ばれてもいないのに夕食時にしばしば親交のある人たちの家にあらわれた。それぞれの家が「まるで税金を受け入れるように」彼を受け入れる。かつて繰り返し招待されていたわれらがポンスは、他人の家で食事をたかる人になっていた。ポンス自身はそのことを完璧に理解していたが、すばらしい食卓から、四スーのレストランの味のないまずい煮込みに移ることはできなかった。

ああ、彼は自分の独立がこんなにも大きな犠牲に結びついていると考えると、戦慄を覚えずにはいられなかった。そしてうまく生きること、あらゆる初物を味わうこと、丁寧につくられた小皿の食事をパクつくこと（俗な言い方だが、うまい表現だ）を続けるためだったら、どんな卑しいまねもできる気がした。ポンスはお礼に一言さえずっては、喉一杯にして飛び立つ鳥であった。彼は社会に費用を払わせて上手に生きていくことに、ある種の喜びを感じていた。社会が彼に求めるものは何か。口先だけのへつらいである。〔中略〕ポンスは出入りしていたあらゆる家で必要とされることをしながら、タダ飯食いを続けていた。機会あるごとに、何度も門番やら使用人の代わりを務め、いくつものお使いをこなしながら、彼は宿命的な道に入っていった。

人々は、彼にちょっとしたお土産を頼んだり、打ち明け話をしたりした。ポンスの目立たなさといったら、いるのを忘れられてしまうほどで、みな彼の前ではなんの気詰まりもなく話をするのであった。「ある家から別の家へと渡り歩く彼は、誠実で罪のないスパイになった。しかし、こんなにも駆け巡り、こんなにも汚いことをやっても、何の感謝もされなかった」。

あまりに没落したので、従妹の小間使いの女が彼と結婚しようと思うくらいであったが、ポンスはこうした卑しい幸福など願っていなかったし、そもそも彼はひとりで住んでいるのではなかった。

彼にはひとりの友人がいた。その友人はとても近しく、その友情は心からのものだったので「社会が彼に許すただひとつの結婚をした。彼と同様、老人で音楽家のひとりの男と結婚したのだ」。ポンスが頼りにしている人物の名はシュムッケ。ドイツ人、そう、ベートーベンと同じくドイツ人なのだが、天才になるには必要な大胆さに欠けていた。この温和で、無私無欲でナイーブな男は、アンスバッハ辺境伯の教会の前楽長で、二十年ほど前から猫のミルとパリに住み、彼がポンスと知り合いになる時は、〈人間喜劇〉のあらゆる若い娘にピアノを教えていた。彼らはお互いのことをよく理解していたので、一緒に住むことを決める。シュムッケは夢見がちで、ぼんやりしていて、味の好みに関しては控えめで、昼食はほんのひとつまみで完璧な幸せに満たされていたし、夕食は門番のシボ夫人が用意するささやかな食事で満足していた。一方のポンスは、毎晩の外出を続けていた。

ベートーベン　一七七〇年に生まれ一八二七年に没しているので、バルザックはこの大作曲家と同じ時代を過ごしている。

ポンスが、自分が耐えねばならないひどい行ない、つまりどれだけ冷淡に人々が彼を扱っているかを打ち明けると、人のよいシュムッケは、そんなに高くつく家にいって夕食を食べるより、むしろ家でパンとチーズを食べ、自分のように生活してはどうかとアドバイスする。

なんということか、ポンスは「自分の心と胃は敵対関係にあり、心を苦しめるものに胃の腑は喜んで飛びつき、ちょうど色男が恋人をいじめるように、なんとしてでも美味しい夕食を味わわねばならぬということをシュムッケに打ち明けようという気になれない」。

このつながりには、はっとさせられる。というのも、バルザックは食道楽と食を崇拝する者、そして女に夢中になっている男の比較を続けるからだ。

（ポンスの胃の腑のように教育された）胃は必然的に精神に作用し、料理の高い知識を得るほど、精神は腐敗していく。心臓のあらゆる襞に潜んでいる享楽趣味は、君主のごとく威をふるい、意思や名誉に損害を与え、何が何でも自分の満足を得ようとする。これまで口腹の欲求を描いた作家はいない。この手の欲求は生きるために必要なものであるから、文学上の批判を受けるような場にあがることがないのである。

驚くことはない。というのも、バルザックにとって、胃の腑の喜びはまさに愛の喜びと比較できるものだからだ。

ブリヤ゠サヴァランは食通の趣味趣向を先入観から弁護にかかっているが、その彼も、人間が食卓で見出す実際の喜びのことまで充分に語っていないようだ。消化は人間のもつさまざまな力を働かせて体内に戦いを起こさせるが、食べることが好きな者にとっては、もっとも高尚な恋愛の楽しみに匹敵する。選ばれた食べ物をケチケチと与えられている重い病気から治りかけの病人は、鶏の手羽を食べただけで、胃にある種のほろ酔い気分を感じるという。すべての快楽が胃の活動に集中しているおとなしいポンスは、いつも自分がこの回復期の病人の状態にあると感じていた。彼は美味そうな食事に向かって、最大限に与えうる刺激を要求し、いままでは毎日その刺激を受けていたのである。自分の習慣に永遠の別れをわざわざ告げるものなどいやしない。多くの自殺志願者は、彼らが毎晩ドミノゲームに興じていたカフェのことを思い出して、死の境で思いとどまるのである。

（『従兄ポンス』より）

それでもポンスは、親戚のひとりで、娘の結婚がうまくいかず気難しくなっているカミュゾ・ド・マルヴィル夫人からあまりにひどい扱いを受けると、その邸宅の一番の魅力であったコイ料理をあきらめ、夕食の前に帰ってしまう。こうして彼は家に突然戻ってくる。シュムッケは歓迎しないが、ポンスを慰めるために、上等な食事を「カドラン・ブルー」から持ってこさせた。じっくり煮込んだ仔牛や魚、美味しいボルドーワイン、それに理由はよくわからないが、もっとも美味しいご馳走だと思っているベーコンを混ぜた米のクロケットであった。ポンスの思いがけない帰宅が気になり、しかもなにか良いことがありそうだと察知した門番のシボ夫人が登場する。状況を理解すると、ポンスが客として加われば、満足させる食事にはこれまでより努力が必要になるとわかっていながら、彼女は毎晩ポンスとシュムッケの夕食をつくろうじゃないかと陽気に話をまとめる。

ここで豪勢な食卓を離れ、ブルジョワジーの食卓の喜びへ入っていくことにしよう。シボ夫人がつくるような煮込み料理、念の入った料理である。ポンスは味のわかる男だったから、料理のことは高く評価したが、約三ヶ月の間、毎晩夕食のあとに親愛なるシュムッケと相対《あいたい》すると、ほどなく憂鬱な気分になってしまう。

まず彼は計算を始める。これまで美術品購入に充てていた額から、毎月八十フランを差し引かねばならない。というのも、シボ夫人の料理に四十五フラン、そしてワイン代を三十五フラン足さねばならないからだ。

カドラン・ブルー　「ロシェ」や「ヴェリ」と同じく革命後に開店したレストランで、当時、高い評判を得ていた。六四頁参照。

クロケット　コロッケのこと。こまかくした材料を、ジャガイモやルーを牛乳で溶いたソースと混ぜて、整形してパン粉などをつけ揚げたもの。

シボ夫人　ポンスとシュムッケが住んでいる下宿屋の門番。以前からシュムッケに夕食をつくっていた。

それにシュムッケが気を遣ったり、ドイツ人らしい冗談を言ったりしてみても、この老芸術家は、これまで彼が夕食に招かれていた家々の手が込んだ料理や、小さなグラスで飲むリキュールや、美味しいコーヒーや、無駄口や、うわべだけの丁寧さや、会食者たちや、食卓で語られていた悪口などを忘れることができなかった。人生が下り坂にもなれば、三十六年も続いた習慣と手を切るわけにもいかないのだ。一樽百三十フランの安ワインが美食家のグラスにしみったれて注がれ、ポンスはグラスを口に運ぶたびに、胸が張り裂けるような強い後悔の念とともに、招待の席での絶品のワインのことを思い出すのであった。それゆえ三ヶ月も経つと、ポンスの繊細な心を危うく砕いてしまいそうな残酷な苦しみの記憶は弱まり、もはや彼は上流社会での楽しみのことしか考えなくなってしまった。それは女好きの老人が、あまりに不貞を重ねることを批難して別れた愛人を懐かしむのと同じようなものである。

ヴァレリー・マルネフの卑しさを前にしても、なお彼女のドレスにしがみつくユロ男爵が弱っていったように、ポンスも衰弱していく。彼を貪《むさぼ》る深い憂鬱をどんなに隠そうとしても、この年老いた音楽家が、説明しようのない気持ちからくる病気に冒されていることは目に見えている。

ヴァレリー・マルネフ　『従妹ベット』のマルネフ夫人のこと。夫の上司ユロ男爵の愛人になり、男爵を籠絡していく。一〇五頁参照。

習慣と縁を切ったことで起きるこの郷愁を説明するには、鉄の編み目に魂を封じ込める鎖帷子《かたびら》の編み目にも似た、数知れずある些細なことのうち、ひとつだけを指摘すれば充分だろう。ポンスの過去の生活でもっともいきいきとした楽しみに、そもそもタダ飯食いの幸福のひとつ、「サプライズ」というものがあった。ブルジョワの家で、思いがけない料理やお菓子を供した時に、夕食にもてなし感を与えたがる女主人がとくとくとつけ足す、美食の印象のことである。今のポンスには、こうした胃の腑の悦楽が欠けていた。シボ夫人は自慢げに、あらかじめメニューを話してしまうのである。ポンスの人生の周期的な刺激は完全になくなってしまっていた。彼の夕食は、かつてわれわれの先達の家庭では「蓋付き料理」と呼ばれていた、あの思いがけない驚きがないまま終わっていくのであった。これがシュムッケには理解できない。不平を並び立てるにはポンスは繊細すぎた。もし世に知られぬ天才よりも哀しいことがあるとすれば、それは理解されない胃の哀しみであろう。〔中略〕その苦しみは、何にも比較しようがない。何はさておき、生きねばならぬからである。ポンスは、まさに真の詩と言えるある種のクリームを、まさに傑作と言えるある種のソースを、まさに恋愛と言えるある種のトリュフを詰めたヴォライユの料理を、そして何にもまして、パリでは手に入らぬライン川のあの名高いコイを、えも言われぬ薬味で食べるのを懐かしがった。ときとしてポンスはポピノー

ポピノー伯爵　セザール・ビロトーの香水商から独立して財をなす。のちに伯爵になり、議員も務めた。一二一頁参照。

伯爵の料理女のことを考えて、「おお、ソフィー」などと口走ったりするのだ。そんなため息を通りがかりの人が聞いたら、爺さんが恋人のことでも考えているのだろうと思うだろう。が、実は恋人よりはもっと珍しいもの、脂ののったコイのことなのである。こうして、かつて食べた夕食の思い出が、胃の腑の郷愁に襲われたオーケストラ指揮者をひどく痩せさせるのであった。

あるできごとが、この悲しい時期に光を与える。劇場のオーケストラでフルートを吹いている男の婚約式での夕食である。若いドイツ人だ。彼は、ライン川近くのホテルを所有しているグラフ氏の娘と結婚した。フランクフルト出身のグラフ氏はこの婚姻に大満足で、彼が築いたパリでもっともよい商人たちとのみごとなコネを有効に使い、豪華な食事を準備する。ポンスもシュムッケもこんな料理はいままで見たことがない。繊細で、シンプルかつ完璧な料理だ。

誰も知らぬ繊細な麺類だの、絶妙な揚げ加減のエペルランだの、本当のジュネーヴソースをかけた、ジュネーヴのマスだの、プラム・プディング用のクリームだの（プラム・プディングはロンドンのある医者がつくったと言われているが、その医者でも驚くほどの出来ばえだった）、頭がくらくらする料理が並んでいた。

エペルラン　キュウリウオのこと。衣揚げにして、パセリやレモン汁などと合わせて供する。十一頁参照。
ジュネーヴソース　野菜、魚、赤ワインを煮詰めたものを使った魚用のソース。
プラム・プディング　牛の上質な脂やパンの白身、果物を入れてつくるプディング。

このイギリス風のデザート、プラム・プディングは数年前から流行していた。膨大な手間と時間が必要で、最高の料理人だけがつくることのできるものである。夕食は十時まで続く。

みんなが飲んだライン産やフランス産のワインの量に至っては、洒落者でさえ呆れてしまうほどだろう。というのも、ドイツ人が冷静に、もの静かでいながらこんなにも酒を飲めるとは知られていなかったからだ。それを知るためにはドイツで夕食をとり、酒瓶があたかも地中海の美しい浜辺に波が打ち寄せるがごとく次から次へと続いて運ばれてきては、まるでドイツ人はスポンジか砂のような吸水力をもっているかのように酒が消えていく様子を目にしなくてはならない。しかもそれは調和がとれていて、フランスのようなばか騒ぎがなく、会話はまるで高利貸しが即興で話しているように冷静だ。顔色は、コルネリウスやシュノールのフレスコ画に描かれた婚約者たちのように、つまりほとんど気がつくかつかないか程度に赤らむくらいである。そして思い出がパイプから立ち上る煙のように、ゆっくりと流れ出てくる。

残念なことに、この小説は、こうした牧歌的な調子、美味しい食べ物がもたらす安らぎへとは続いていかない。元気を取り戻し、町で夕食を食べたいという抗《あらが》いが

コルネリウス　十九世紀ドイツの画家（一七八三～一八六七）。ギリシア神話を主題とした壁画で有名。フレスコ画の復興に努めた。

シュノール　十九世紀ドイツの画家（一七九四～一八七二）。ルートウィヒ一世の居城で『ニーベルンゲンの歌』のフレスコ画の連作を制作したことで有名。

たい欲望に再び捉えられたポンスは、手強いカミュゾ夫人の、とうのたった娘に結婚相手を見つけてやって、彼女の好意を取り戻そうと考える。目当てとする男は、まさに先だって婚礼をすませたドイツ人のフルート奏者の親友、彼同様ドイツ人で、四百万フランを相続したばかりだった。フリッツというこの男は結婚したがっているが、パリにひとりも知り合いがおらず、いろいろと動き回ったり言い寄ったりすることを躊躇《ちゅうちょ》している。彼に女を紹介してやらねばならないだろう。ポンスはこの好機をつかみ、フリッツをカミュゾ家に積極的に推した。計略はうまくいっているように思えた。ポンスはカミュゾ夫人の優しさに満ちた好意を取り戻すが、悲劇がおきる。フリッツは、相手がひとり娘で、ひとり娘というものはみな甘やかされて育っているから我慢ならないと信じきっているという、驚くべき理由で話を白紙にするのだ。カミュゾ夫人の怒りが不幸なポンスを襲う。彼女はポンスを裏切り者と非難し、ポンスは文字通り苦しみで死んでしまう。

この物語の教訓は、バルザックの小説ではつねにそうあるように、ポンスの食事への愛着は——というのも、彼のすべてのふるまいの原因はここにあるからだ——不幸をもたらす憑きものなのだということである。ポンスはもはや、人ではなく胃そのものである。自らの情熱の被害者となったユロ男爵やバルタザール・クラースが身を滅ぼしたように、自らを滅ぼす。喜びのあまねくすべての原因は、極限までに至ると、それが女であれ、知的なものの探求であれ、食卓の探求であれ、破滅へ

ユロ男爵　『従妹ベット』で見るように、ユロ男爵は様々な愛人をつくり、マルネフ夫人を愛人にしたことから運命が傾いていく。

バルタザール・クラース　『絶対の探求』で、彼は錬金術に取りつかれて身を滅ぼしていく。四九、一三七頁参照。

と導くのである。『従兄ポンス』においては、食道楽とは、罪のない道楽でも味を知ることでもなく、病気なのだ。

食べることが好きな人々をさまざまに挙げていくことが、こんなに悲痛な結果に終わるのは、あまりに悲しいことかもしれない。ほんとうに陽気で満足している食い道楽はいないのか。いや、いる。が、彼らは若く、貧しく、想像上の宴会をしているだけなのである。

『人生の門出』はあまり有名ではないがたいへんおもしろい小説で、主人公たちは、代訴人デロッシュの事務所で育っていく。デロッシュはまだ貧しく、容赦ない野心と並はずれた厳しさをもった男だ。彼はかなり若いオスカール・ユッソンという青年を雇い、「この事務所では、昼も夜も働くのだぞ」と告げて、この若者を迎え入れる。オスカールは事務所の屋根裏部屋に住み、筆頭書記のゴドシャルの監視のもとで生活する。ゴドシャルもデロッシュと同じくらいまじめだが、それでも彼が人生の別の一面も知っているのは、妹のマリエットのおかげだ。マリエットは美しい踊り子で、オペラ座のソロダンサーをしており、婚姻式という社交場に頻繁に出入りしている。ゴドシャルはオスカールを厳格に監視することで、パリには誘惑が多いことに気がつく。デロッシュに合わせることで、若きオスカールには法学校の授業を準備する時間が充分にとれた。彼の日課には身震いする。朝五時に起

デロッシュ　代訴人。『ゴプセック』に出てくるデルヴィル（一四一頁参照）の事務所で書記を務めた。狡猾で腕がたち、リュシアン・ド・リュバンプレの土地購入の手伝いもした。

オスカール・ユッソン　二〇頁参照。自身の軽口から窮地に立たされる。のち、母親の願いもあって、法律を学び、デロッシュの事務所で見習いになる機会を得た。

ゴドシャル　『ゴプセック』に出てくるデルヴィル（一四一頁参照）の書記。のちにデロッシュの筆頭書記となる。

マリエット　画家ジョゼフ・ブリドー（二一頁参照）の兄フィリップ・ブリドーの愛人。踊り子。モーフリニューズ公爵の愛人にもなる。

き、一杯のコーヒーで食事をとると、仕事にかかる。授業に行き、ときには用事を果たしに裁判所に行き、デロッシュとゴドシャルと一緒に夕食をとるために帰ってくる。夕食は、肉に野菜、サラダ、それにグリュイエールチーズという一皿。グリュイエールチーズは、金のない若者が食べる貧しいデザートであった。月に一度、オスカールは叔父の家に昼食を食べにいく。それに時々、彼の母親の友人がパレ＝ロワイヤルに夕食に連れて行ってくれた。

美しい服や踊り子、女優、美味しい食事を夢見る青年にとっては、悲しい生活である。毎日の貧相な食事の中で自分を慰めるためにご馳走を想像するのは彼ばかりではない。代訴人事務所の書生たちが考えだしたひとつの伝統がある、事務所に新たに入った者は、仲間たちに豪華な食事をふるまわなくてはなくてはならないというものだ。何が期待されているのか知らしめるため、書生たちはオスカールにほこりの被った一冊の帳簿を見せる。その中にはこれまでのあらゆる受領書の記録が記されている。もちろん冗談である。見かけはまちがいなく古い帳簿なのだが、古書商のところで見つけた帳簿を「ほこりや暖炉の中で引きずり回して、骨董品屋が喜びそうなカビをつけ、隅をネズミが食ったと思わせるようにしてつくったものだ」。

これらの記録には絵空事が書き込まれている。新人は、最初は費用のかさむ夕食をふるまうという考えに震え上がるが、次に自分の夢のメニューをそこに書き込めばいいのだということを理解する。では、この若き胃の腑たちは何を夢見ているのだろうか。オスカールのいわゆる受領書の記録は、それを教えてくれる。なんとも心にしみることに、この若者は、母親が準備した饗宴を想像したのである。

本日一八二二年十一月二十五日、月曜日、昨日アルスナル区スリゼ通り、法曹界入会希望者オスカール・ユッソンの母、クラパール夫人宅での会席ののち、以下に署名を記したるわれわれは、就任式の料理が期待以上のものであったことを宣言する。黒カブ、赤カブ、ピクルス、アンチョビ、バター、オリーブのオードブル、次いで母の気持ちが込められた味わい深い米のポタージュが出された。というのは、これにはヴォライユの旨味が認められたが、新加入者の告白により、実のところクラパール夫人の手によってみごとにつくられた蒸し焼きの余った肉が、家庭料理独特の心遣いでつくられたポトフに加えられたものだとわかったのである。

また、先述の母の手によるジュレの海に囲まれし蒸し焼き。
また、型通りにつくられたようには思えぬ牛タンのトマト煮。
また、天使が見張っていたのではないかと思わせる味の鳩のコンポート。
また、チョコレートクリームの瓶の前にはマカロニのタンバル。
また、厳選した十六本のワインで酩酊しているにもかかわらず、なお荘厳かつ夢のごとき味がわかる桃のコンポートを含めて、十一皿の繊細なるデザー

ポトフ　肉と野菜を煮込んでつくる代表的な家庭料理。

コンポート　フルーツのシロップ煮のことを言うことが多いが、鳩やウサギの肉がほぐれるまで煮込んでルーでつないだものもコンポートと呼ぶ。

タンバル　円筒形の型を使ってつくる料理。一一五頁参照。

ト。ルシヨン産とコート・デュ・ローヌ産のワインは、シャンパンやブルゴーニュのワインを完全に打ち負かした。マラスキーノ一瓶、キルシュ一瓶は極上のコーヒーを飲んだにもかかわらず、ワインの恍惚の中にわれわれを沈み込ませるものであり、そのためわれらがひとりエリッソン氏は、いまだタンプル大通りにいると思いつつも、その身はブーローニュの森にあるほどであった。十四歳の幼い見習いジャキノーは、齢五十七歳のブルジョワ女たちを尻軽女と見まちがい、声をかけるほどであった。

（『人生の門出』より）

これこそがバルザックの食道楽天国、「母の心遣い」から生まれた天国である。この小説を書いた時バルザックは四十歳を越えていたが、いまだなお、母の冷たさから立ち直ったようにみえない。彼はここで、料理に注がれた気遣いを書くことで、この特別なメニューを詳細に描き出している――「天使たちがもっとも美味しい料理を見張っていた」と書いているではないか。が、しかし、このメニューには十一種のデザート以外、並はずれたものは何もない。今一度、甘いものが添えられたマカロニのタンバルがあることに注目しよう。あるいは、コンポートとして出てくるみごとな桃や、驚くほど取り揃えられたワインとリキュールへの特別な記述を欠いたら、バルザックの筆によるとは気づかないだろう。バルザックが饗宴で気に入らないものすべて、つまり盛りつけの美しさが壊されること、くだらない会話、

マラスキーノ　サクランボを使ったリキュール。
キルシュ　サクランボの蒸留酒。

消化するのに感じる重さ、それに酔っぱらいも、ここでは見られない。料理を用意した手の優しさが残っている。結局、このメニューが空想だというのは、悪意のない冗談だ。それは単に、書記たちの仲間意識と若者の陽気さを強調するだけなのである。

この先には、想像された喜びに匹敵するものは何もない。同僚たちよりも裕福な新人のジョルジュ・マレが宴会を開き、事務所で働く者たちは「ロシェ・ド・カンカル」で本当の饗宴の機会を得る。六時間以上に及ぶ、まるでパンタグリュエルのような料理が続いても、ことのすべては悲惨な状態になって終わる。われらが主人公オスカールは充分に食事をとることになるが、飲むことに関しては充分を越えてしまう。彼はよくわからないまま、マリエットの友人で美しい高級娼婦のフロランティーヌのところに行き、賭けに興じて雇い主から預かった金を失ってしまう。ソファーの上で打ちひしがれているうちに、彼はぐっすりと眠り込んでしまい、地位をすべて失ってしまったという恐怖とともに目を覚ます。

食事を夢見ることとは、女を夢見ることと同様、窮乏に耐えることを可能にする。バルザックは、そのことを経験していたのだろう。絶食と美徳の長い日々をこうして慰めていたのだから。彼は食べ物のことを書いている時にものを食べなかったのと同じく、愛について書いている時に、ことが必ずしも同時におこなわれてい

ジョルジュ・マレ　『人生の門出』や『農民』に出てくる人物。金物商の息子で金持ち。
ロシェ・ド・カンカル　バルザックが高く評価したレストラン。四八頁参照。
フロランティーヌ　ゴドシャルの妹マリエットの友人。踊り子。オスカールは彼女のところで賭けを始め、デロッシュから預かった金を失ってしまう。

たとは限らない。バルザックはもっとも多種多様で突飛な愛の形にも言及している。彼の小説にはレズビアン、ホモセクシャル、性欲促進薬をたらふく飲む老人たち、激情的な少年たち、純粋な娘や異常な女たち、初夜に傷つけられる新婦たち、身を任せる瞬間を巧みにあと伸ばしにする新婦たちといった人々が登場する。そこでは、豹とつがう将校まで登場することになり、紙面に死姦を見ずにすむことに驚くほどである。荒々しい愛やプラトニックな愛、夫婦の愛や不貞な愛が熱意をこめて書かれるが、その間、バルザックは清廉潔白ではないにせよ、少なくとも大きなスキャンダルも変化もなく生活していた。彼の愛人の二人は彼の母親の歳であった。特に美しいわけでもない家政婦とベッドを共にしていたし、離れたところにいてもハンスカ夫人を愛していた。彼は想像の愛の達人であった。

私がここで女たちのことを書くのは、バルザックの作品では、女と食べ物が結びついているからだ。

第六章　女たちと食卓

いつの時代にも、食事の喜びと愛の喜びは結びついていた。とりわけ、おびただしい数の牡蠣のやりとりは、しばしば自然に、ときには工夫をこらしたやり方でなされ、この二つの喜びのつながりはとりもたれていたのである。

しかしバルザックはこのつながりをあまり信じていない。効果が長続きするものではないが、太ったニュシンゲン男爵は自分の衰えた力を維持する必要がある時には、一、二錠の奇妙な錠剤を飲み込む。

『フェラギュス』の悲劇のヒロインであるデマレ夫人が自分の夫を誘う時、彼女は香りをつけたお風呂に身を沈め、ローブでわずかに隠しているだけのふっくらした肩に黒い房をたらす。一杯のアルコールや珍しいお菓子をあげるという考えは思いつかない。だからバルザックにとっての食べ物とは、それがたとえどんなに美味しいものであっても、恋の序幕とはならないのである。フロベールやモーパッサン、ゾラはまったく違った見方をしていて、彼らの作品では、食卓からベッドへと

『フェラギュス』　元脱獄囚で秘密結社デヴォランのリーダー、フェラギュスをめぐる物語。

デマレ夫人　彼女は自分の父がフェラギュスであることを隠している。彼女に恋する青年貴族モランクールが彼女の秘密を探ろうとする。デマレ夫人の夫は証券の仲介人で、セザール・ピロトー（五七頁）などとも交流がある。

いう流れはしきりに起こる。

モーパッサンは『ベラミ』で、この行程を楽しげにたどる。たとえばフォレスチエ夫妻と艶っぽいクロチルド・ド・マレル、それに美男な野心家ジョルジュ・デュロワが会した夕食の最中のことである。メニューが告げられるだけで、恋に悩む雰囲気ができあがる。牡蠣は「可憐でぽっちゃり、小さな耳にも似ている。貝殻に挟まれて、しょっぱいお菓子のように口蓋と舌の間でとろける。それから若い娘の身体のようなバラ色のマス、アスパラガスの穂先でつくった厚いベッドの上に寝かされた柔らかくて軽い仔羊のコートレットが続くのだ」。

当然のことながら、彼らはシャンパンを飲み、そして「愛についての考えがゆっくりと、そして広がるように彼らの間に入っていき、あたかも一滴一滴喉に落ちていく澄んだワインのように、彼らの魂をしだいしだいにうっとりさせていって、血を温め、精神を乱していく」。

この夜会の最後を詳細に語る必要はないだろう。ただひとつまちがいないことは、一度ジョルジュとクロチルドの間に後戻りできないことが起きてしまうと、果物も野菜ももはや問題ではなくなるということだ。とはいえ、クロチルドは波乱に満ちた関係を続けるが、ジョルジュの興味をかき立て、その関係にある種の緊張を保つため、ある企てをおこなう。それは「いかがわしい場所での少年たちの乱稚気騒ぎ」と彼女が呼ぶものであった。ある夜、揚げた魚の匂いが漂う雰囲気の中、ひ

フォレスチエ夫妻　『ベラミ』の主要人物。フォレスチエは主人公ジョルジュの友人。ジョルジュに記者の仕事を紹介する。ジョル色男のジョルジュはフォレスチエの死後、その妻マドレーヌと関係を持ち、彼女を利用する。
クロチルド・ド・マレル　『ベラミ』の主人公ジョルジュの最初の愛人。マドレーヌの友人。クロチルドとジョルジュの関係は作品中ずっと続くことになる。
ジョルジュ・デュロワ　『ベラミ』の主人公。美貌の青年で上流社会の夫人たちを誘惑していく。

どく汚れたテーブルの前で、燃えるような目で周りを見回しながら、クロチルドはサクランボのブランデー漬けを二つ頼む。

> 飲み込んだサクランボの一粒一粒で、過ちを犯したという感覚を覚え、焼けるような、そしてぴりっとした液体が一滴一滴喉に落ちてきて、えぐみある喜び、邪悪で禁じられた楽しみから得られる喜びを感じさせてくれる。

この文には、二つの欲望の完全なる一致をみることができる。

フロベールにおいては、グラスについたキュラソーの雫《しずく》を舐めるエマ・ボヴァリーが描かれれば、読者は彼女の潜在的な性欲を見抜く。

これと同じ方法はゾラの作品でも見ることができる。『獲物の分け前』で、若妻ルネは神経質なところがあり、つねに新しい興奮を求めている。彼女は、義理の息子マキシムと夜食を食べるが、それが彼がいつも愛人を連れて行くレストランの個室でなかったとしたら、ルネはマキシムに身を任せたであろうか。マキシムはそこで「水曜日の夕食」、すなわち愛人のために用意されたメニューとして、牡蠣とヤマウズラでできた軽い食事を注文する。ルネはマキシムにメートル・ドテルを追い返させる。彼の視線が気に障ったからだ。

キュラソー　オレンジの皮と砂糖とブランデーでつくるリキュール。

『獲物の分け前』　財を築いたアリステッド・サッカールは、若いルネと再婚する。サッカールには先妻との間にマキシムという息子がいた。ルネに想いを寄せるマキシムと夫に満たされないルネは、次第に距離を縮めていく。八四、九八頁参照。

逃避のさなかに三十歳の彼女は若返り、身振りは生き生きとして、いくらか熱も帯びてきた。こうした個室で、通りの喧噪を聞きながら若い男と二人きりになることが彼女を刺激し、娘のような雰囲気を与えていた。〔中略〕ダマスク織のクロスがかけられたテーブルの上を愛らしい放蕩の吐息が通り過ぎ、ルネがその細い手をフォークからナイフへ、皿からグラスへと運ぶ時には、喜びで震えた。普段はわずかに赤く色づけした水を飲んでいた彼女だが、いまは水もなしに白ワインを飲んだ。

メートル・ドテルがテーブルを片づけに戻ってくる。自分の任務を冷静に忠実に実行するメートル・ドテルにルネはいらつき、あらためて追い返す。そして静かに過ごすためにマキシムが扉に差し金をかけると、彼女はソファーの上で彼に身をまかせるのである。牡蠣と白ワインが抱擁と短絡的に結びつけられているが、モーパッサンの作品では同じような美食の前奏曲が新鮮で陽気で魅力あるものであっただけに、ここでの近親相姦におちる二人の前奏曲はありふれて、おもしろみのないものに映る。この最初の食事が、ことの前触れとなる証《あかし》になっているのだ。

『ベラミ』のジョルジュとクロチルドの愛は、男が並はずれて自己中心的であるにもかかわらず、長く続くことになる。それはただ単純に、彼らはベッドで一緒にいることに大いに快楽を感じていたからだ。一方、『獲物の分け前』のルネの物語は彼女が精神を乱して終わることになる。
食べ物によって結びつけられている別のもうひとつのカップルは、ゾラの『パリの胃袋』の肉屋のクニュと美しいリザである。

（一緒に見習いをしている時）彼らの手が、ミンチの中でときおりぶつかった。リザはときどきクニュを手伝い、彼が肉や脂を詰めている間、そのぽってりとした指で腸を支えていた。あるいはソーセージの生肉を一緒に味見をしていた。〔中略〕大きな炎が彼らの肌の下の血に燃えあがっていた。リザが真剣に茹で加減について話している間、クニュの方はカマドのうえで濃くなっていく脂っぽい茹で肉をかき混ぜるのを、何があってもやめないだろう。

予想にたがわず、この夫婦は穏やかで、お互いに結ばれている。太った二人は真の夫婦であったが、ドラマは彼らの話に痩せ細った男が入ってくる時に起こるのだ。

バルザックの小説では、胃袋によって男と結ばれる女たちというのはまれである。これに成功するのはただひとり。それも彼女はその愛人の旺盛な食欲と同様に、その吝嗇も巧みに扱うからである。ションツ夫人のことだ。ナポレオン軍の大

『パリの胃袋』　パリの中央市場を舞台にしており、そこに痩せ細ったフロランという青年が入り込んでくる。物語はその青年を巡って展開していく。

ションツ夫人　『ベアトリクス』に登場するオーレリー・ションツ夫人ことジョゼフィーヌ・シルツのこと。高級娼婦。主人公ベアトリクスの夫ロシュフィードの愛人になる。その関係は長く続くが、ションツはのちにファビアン・デュ・ロンスレという男と結婚することになる。

佐の娘で、皇后ジョゼフィーヌが名づけ親である彼女は、厳格に育てられたが、金はなかった。サン＝ドニの学校で教員として日々の糧を得ている。ナポレオンが建てた学校で、レジオン・ドヌール勲章を受けたことのある父または祖父をもつ娘たちだけが通うことができるものであったが、その厳格さにうんざりした彼女は、高級娼婦の世界に入る。彼女は他の「同僚」に較べて年齢が上だったので、なかなか成功はやってこない。彼女がチャンスをつかんだのは、妻のベアトリクスからつれなく見捨てられたアルチュール・ド・ロシュフィードと出会った時である。疑い深く吝嗇な彼は、月に千二百フランしか渡してくれなかったが、オーレリー・ションツは抜け目のない女だった。彼女は食卓と節約で、ロシュフィードを籠絡していく。彼はレストランに行くたび、ゆうに六十フランも使い、二、三人の友人を招いては、二百フラン以上使っていた。ロシュフィードが自分の提案を喜んで受け入れてくれるので、ションツ夫人はジョッキー・クラブに所属している友人たちの前で彼に恥をかかせないためにと、さらにドレスをねだるのだった。

オーレリーはこの新しい局面において、いろいろと新しい美徳を見せるように工夫をした。彼女は主婦のような役を務め、そこから最大限の利益を引き出した。借金もせずに、二千五百フランでひと月の辻褄を合わせたと言う。これは十三区のサン＝ジェルマン街では決して考えられぬことであった。それに彼

ベアトリクス　『ベアトリクス』の主人公。たぐいまれな美貌の持ち主。アルチュール・ド・ロシュフィールド侯爵と結婚していたが、作曲家で歌手のコンティに熱をあげ、夫を捨てイタリアに駆け落ちする。

女はロスチャイルド家の食事にも勝る夕食を用意し、一瓶十フランか十二フランでとびきりのワインを飲ませた。（『ベアトリクス』より）

ションツ夫人はゲームに勝ったが、同じような方法で夫のカリストを再び取り込もうとした可哀想なサビーヌ・デュ・ゲニックは違った。カリストはまさにロシュフィード氏の妻である抜け目のないベアトリクスに魅了されていたのだ。この若妻は夫の無関心が膨らんでいくのに気づいていた。彼がいつもの旺盛な食欲で食べるのではなく「お皿から二口、三口まずそうに食べている」のを見た時、食事を使えば夫を再び取り戻すことができると考え、彼が愛人の家でどのような食事を味わっているのか知ろうと決心する。サビーヌに忠実な使用人のガスランは、「ベアトリクスの料理女と懇意になり〔中略〕サビーヌは同じ食事をそれもさらに上等なものを出すようになった。しかし彼女はカリストがまた別のことをし始めるのに気づいた」（『ベアトリクス』より）。

　夫がさらに冷たくなるのに悲しんだ彼女は、ライバルは「薬局で使われている油の壜みたいなものに入ったイギリス風の薬味やあらゆる種類の香辛料」を出しているのだと思い至った。ベアトリクスがカリストを引きとめるのは、胃袋によってでも、欲情をそそられる香辛料によってでもなかったので、夫を我が家に連れ帰るには、別に複雑な戦略の必要があったのだが、それを書き加える必要はないだろう。

サビーヌ・デュ・ゲニック　『ベアトリクス』の登場人物。ベアトリクスに夢中になっているカリストを愛している。

カリスト　『ベアトリクス』のもう一人の主人公。ベアトリクスに惚れ込んでいる。彼女がカリストのもとを離れたのち、サビーヌ・デュ・ゲニックと結婚。しかしベアトリクスはカリストに再会すると、再び彼を籠絡し、カリストはサビーヌの想いをよそに、ベアトリクスのもとに通い詰める。サビーヌを心配した母親のグランリュー公爵夫人がマクシム・ド・トライーユ伯爵と策を練り、ベアトリクスの夫の愛人であるションツ夫人とファビアン・デュ・ロンスレを結婚させて、ロシュフィード侯爵をベアトリクスのところに帰し、カリストとベアトリクスの仲を裂いた。

カリストは幸福な愛人なので、食事にはあまり関心を示さないのだ。

バルザックの作品では、果物が男を女のもとにつれていくのではなく、女、あるいはむしろ女によって火がつけられた欲望が果物へと向かわせる。〈人間喜劇〉の中のもっとも驚くべき場面のひとつは、『谷間の百合』での舞踏会で、果実と女が混在して描かれているシーンである。ルイ十八世の権力が戻ったことを祝うためにトゥールで舞踏会が開かれ、歳若いフェリックス・ド・ヴァンドネスが、家族を代表して出るように両親から送り出されてやってくる。人ごみの中に迷い込み、騒がしさに呆然となり、疲れでぐったりした彼は長椅子のところに避難する。隣にひとりの婦人が座るが、彼が眠っているものと思って背を向ける。香水の香りではっとなり、フェリックスは彼女の肩に気がつく。

『**谷間の百合**』　フェリックス・ド・ヴァンドネスが抱くアンリエット・モルソフ夫人への想いと、妻そして母としての義務からフェリックスを退けるモルソフ夫人の想いを巡って物語が展開していく。

まっ白なむっちりした肩で、その上を転げ回れたらと思うような肩でした、と彼は言う。肩はわずかにバラ色に色づいていて、あたかも初めて露《あら》わになったかのように赤らめているように見えました。魂が宿っているような羞恥心をもった肩、そのサテンのような肌は光に当たると絹の布地ように光るのです。その肩は一本の筋によって二つに分かれ、その筋に沿って私の目は手よりも大胆に流れていきました。胸の方を見ようと、どきどきしながら伸び上がると、薄布に清らかに覆われているものの、空色に染まり、完全なる球体を描く膨らみがレースの波の中にゆったりと横たわっていて、わたしはすっかりぼおっとなってしまいました。
（『谷間の百合』より）

この美しさの啓示を前にして彼は何をしたのか。その背に吸い込まれ、美しい肩に口づけをしながら、背の上を転がりまわったのである。ご想像通り、婦人はこの若い狂人から素早く身を引き離し、彼は「彼が盗んだばかりのリンゴを味わいながら」動けないままでいる。そしてこのリンゴの味は彼ら二人の人生に影響を与えることになる。若くて経験の浅いフェリックスだけでなく、果実への欲望と女への欲望が同化する同じような場面は、デ・リュポーのようなしたたかな者のところでも見ることができる。『平役人』にでてくる財務省の秘書局長で、悪癖を改めない女たらしのデ・リュポー伯爵は、事務室長の妻であるラブールダン夫人にしつこく言い寄り、ある朝、彼女の家を不意に訪れる。伯爵が家に入ってくると彼女は部屋に逃げ込む。

（この厚かましい男は）おびえる美女のあとを追い、部屋着の彼女はなんと刺激的なことかと思うのでした。言葉にできないような誘惑的な何かが、視線を駆り立てるのです（と彼は告げている）。かつて舞踏会の前に愛人がその口づけを這わせたであろう、ビロードのかがりによって背中につけられた円を描

デ・リュポー　『平役人』などに出てくる人物。平民の生まれだが、「デ・リュポー」と土地の名を冠した名を名乗ることを許された。傲慢で欲深い男。

『平役人』　役所での局長の席を巡った駆け引きが描かれている。局長の候補としてあがっているのは、有能なラブールダンと、凡庸だが取り巻きのあるボードワイエ。局長任命の権は、実質的にデ・リュポーが握っている。

ラブールダン夫人　美しく才があり、夫を支えている。

く線から、白鳥の美しい首のように反った丸みにいたるまでを彼女が優雅に反らせている時よりも、部屋着の隙間から見える肉体は千倍も魅力的でした。みごとな胸を見せている着飾った女性に視線を這わせる時、美しい夕食で出てくる飾りのデザートを見ているように思うものではないでしょうか。眠りによって皺ができた布地の間にそっと忍び込んだ視線が、心をそそる箇所をとらえ、あたかも樹墻《じゅしょう》の上で二枚の葉にはさまれて赤くなっている果実を盗んで貪り食うかのように、目でそれを楽しむのです。

しかしながら、激しい男デ・リュポーは目的を果たせない。ラブールダン夫人の美徳は「何人《なんびと》もナイフを入れる勇気のないデザートの飾り菓子のよう」であるからだ。フェリックス青年はリンゴにうっとりし、老練でどこか冷めてしまっているパリジャンのデ・リュポーは果実を讃える。フェリックスはそのままの果実を楽しめるが、デ・リュポーをわくわくさせるには飾り菓子の複雑さが必要なのだ。

ときにバルザックは登場人物を介さず、自分の考えを露《あら》わにする。ときおりバルザックには美しい果実と美しい女性の区別がまるでできていないかのようで、果汁たっぷりの梨を前にした時と、ちらりと見える胸を前にした時とで、同じように欲望に震えているようだ。彼の思い描く天国は、果物と女が同じように欲望をそそる悦楽の園に似ている。さらにその見栄えは完璧でなくてはならない。

魅惑に関しては、マルネフ夫人とユロ男爵夫人の対比が明かしているように、生来備わっているものだけで充分だとは限らない。マルネフ夫人は「美しい皿に艶っぽく並べられた美しい果物に似ていて、鋼のナイフを誘惑する」。マルネフ夫人は、あたかも大料理人アントナン・カレームの複雑かつ洗練された渾身の料理のように「味付けの材料とスパイス、それに探求」に魅力の秘密がありそうだ。

一方、ユロ男爵夫人の美しきアドリーヌは堂々としていて高潔な女性であるが、レース飾りのみごとな器に入ったその白い胸の「供し方」がわかっていない。夫を引き戻すのに、そうしたやり方を学びたくないというのではない。この気の毒で無垢な妻はあまりに思いつきが悪く、駆け引きで夫を刺激するにはおとなしすぎた。彼女はウナギのパテやパセリ無しの茹で肉と同じように、夫にたいした驚きを与えない。一方、マルネフ夫人は「胡椒であり、とうがらしであり、金の杯に注がれた酒であった」。

肉体的な愛は空腹に似た欲求であるとわかっているにしても、バルザックはこうした結びつきにある重要なニュアンスをつけ加えている。たとえ一流の食通であっても「人はすべからく一片の黒パンと一壷の水があれば、空腹はおさまる」が、「魂の気まぐれは、美食の気まぐれよりもはるかに数が多く、はるかにいらだたしく、その熱狂おいてははるかに求められている」（『結婚の生理学』より）。

ここに粗食のバルザックが見てとれる。味にはあまり興味をもたず、食欲と肉欲

マルネフ夫人　『従妹ベット』では、マルネフ夫人はユロ男爵を利用するために彼を籠絡して愛人になる。

ユロ男爵夫人　マルネフ夫人とは対称的に、夫であるユロ男爵を愛していた。しかし男爵のほうは愛人を次々につくり、妻が亡くなると、ほどなく料理女と結婚する。

という二つの欲望の関係に魅了されているのだ。彼はそれを『結婚の生理学』では滑稽に、そして『谷間の百合』ではドラマチックに表現している。つまり肉体的な愛を拒むことは、食べ物を断つのと同じくらい決定的に生を拒むことなのだ。ハンスカ夫人への手紙の中で、しばしば手短かに、ときにぞんざいとも言えるくらい「腹が減った。きみに飢えている。きみを食べてしまうだろう」といった言葉が繰り返される。バルザックの小説では、恋をしている者たちは、その熱愛の対象を渇望し、「色づいた桃のあるかなきかの軟毛」を思わせる汚れない顔をした若い娘との最初のキスは、つねにハチミツの味がするのだ。

バルザックのより非凡な才能を発揮されるのは、「貪《むさぼ》り食うための獲物を探す福音書の獅子」のように、つねに待ち伏せている抜け目のない独身者の恐怖を前にした夫たちに、料理の知識が役立つということをユーモラスに見せているときである。

料理学が夫たちの運命をどのように改善できるか。バルザックはそこに老いた独り身の皮肉的な注意を向けている（バルザックが亡くなる歳になるまで結婚しなかったことを忘れてはならない）。年齢は夫に有利に働く。なぜなら、若者たちは無頓着であり、急かされているからだ。「彼らは腹をすかしたものと同じで、どうやったらうまくいくかを知ろうと結末のことを考えるあまり、料理人が準備しているときには満足できないのである」。

言い換えるなら、若者は自己中心的な愛人であり、ゆえにあまり満足しない。しかし既婚者のほうは、たとえその道に精通しているものであってもハンディがある。毎晩、寝室で妻と一緒になるというハンディで、妻の優しさを保つためには全力で日頃の習慣と格闘せねばならない。「夜ごとにメニューがある」というのが原則だ。デザートから始めよということではない。というのも、『結婚の生理学』にあるように「快楽の順序は、二行詩から四行詩へ、四行詩からソネットへ、ソネットからバラードへ、バラードからオードへ、オードからカンタータへ、カンタータからディチュランボスだからである。ディチュランボスから始める夫は馬鹿者である」。

しかしながら、愛のセオリーによって妻をつねにお熱い状態にしておける夫は軽率な男だ。賢い夫は、愛が燃えあがったあとは、妻を「夫婦愛の温暖な地方（『イヴの娘』より）」へ連れていくものだ。ゆえに夫は、火を消すにしても、のちに暖炉の中で燃え始めるように消すやり方を知っていなくてはならない。なぜなら夫にとって、感情が嵐のように吹き荒れたあとの静けさに勝るほど心安らかなものはないからだ。そのため、時として妻を悩ましい状態にしておくことも必要なのだ。

そこで料理のセオリーがやってくる。われらが小説家の提言によれば、まず、少ししか食べずにスタイルを保つというすばらしい理論には絶対に反抗せず、食べ物を彼女に釣り合わせる。キュウリやメロン、レタス、スベリヒユのような新鮮で匂

ソネット　十四行詩。
バラード　三つの詩節と結句からなる詩の形式。
オード　形式があり、構成がしっかりととられた比較的長い叙情詩のこと。
カンタータ　一貫した内容のある多楽章の声楽曲のこと。
ディチュランボス　酒神ディオニソスに捧げられた合唱隊歌の形式のひとつ。大規模に英雄伝説などを讃えて歌う。
『イヴの娘』　グランヴィル伯爵家の姉妹、妹の夫デュ・ティエ、野心家のナタンの物語。姉は由緒ある貴族ヴァンドネス家に嫁ぎ、妹は銀行家デュ・ティエに嫁いだ。姉妹は夫の身分が違うにもかかわらず仲良く過ごしている。姉は愛人ナタンのことで妹を訪ね、妹は夫に内緒で金を工面する。
スベリヒユ　スベリヒユ科の一年草。畑地などに咲く。若い草を食用として使う。

いのない野菜、「色鮮やかな果物、コーヒー、香りづけしたココア、オレンジ、アタランテの黄金のリンゴ、アラビアのナツメヤシ、ブリュッセルのラスクといった健康的で優美な食べ物（『結婚の生理学』より）」のことだ。こうしたものすべてが彼女の中にある激しい力を切り崩す。それから「汚らわしい牛肉やら羊肉の大きなエクランシュの乳糜《にゅうび》で彼女の繊細な胃や聖なる口を汚すようなこと」をしてはならない。（料理学に精通してない読者のために、「乳糜」とは腸内のリンパ液が消化作用の結果できる液体であることと、エクランシュという不思議な名称で言われているのは、羊の肩肉のことであることを記しておこう）。高カロリーの羊肉をヴォライユの白い肉に代えなければならないし、とりわけ水を飲ませてはならない。水を飲ませたら、計略は失敗に終わるだろう。なぜか。それはおそらく、水が動きを連想させ、欲望がかき立てられて、「膝までたくし上げたドレスを片手でつかむ」からだろう。だから、妻は、貞節さに刺激を与えることのない、味がよいブルゴーニュワインでわずかに色をつけた水を飲むべきである。女性が上品であり続けながら飲むことのできる唯一のワインであるシャンパンを除けば、ブルゴーニュ以外のワインではうまくいかない可能性がある。

女を高価な、ゆえに刺激が強すぎる食べ物から引き離すことは、多くの家庭での慣例となっていた。これは数世紀前から続いていた。だから一見、バルザックの心配したことには目新しいところはないように思われるが、実は彼は意外な提言をし

アタランテ　ギリシア神話の俊足で狩りの名手の女。求婚してくる者たちと駆け較べをして、負けた相手の首をはねる。ヒッポメネスは追いつかれるたびに黄金のリンゴを投げて彼女に拾わせ、その結果勝利した。

ている。彼がもっとも愛したハンスカ夫人に宛てた手紙の中に書いていたのでなければ、次のような健康と美容への意外な助言は冗談ともとれたことだろう。「イノシシや野ウサギのような、黒っぽい肉と焼いた肉だけしか食べてはならない」と書いているのだ。これは鶏の白い肉が女には好ましいというものに対立する考えである。彼はまたより理性的に、ジャムやドラジェには警戒せねばならぬ興奮作用があるから、とりすぎないようにとほのめかしている。何の説明もなく、カフェクレームや紅茶さえも禁止する。たしかに、バルザックは自分が仕事のために飲み過ぎているコーヒーが胃に与える影響を絶えず呪っていた。一方で、ミルクやオイル、レモンが顔色や髪に与える効用について子細に長々と論じている。朝、レモン汁で顔を洗って拭き取らず、夜にはミルクで洗うことを薦めている。

夜、眠る時には、額とこめかみ部分に、ほとんどクリームのような濃いミルクを少し使って洗うのです。そしてそのあとは、コールドクリームのように指で薄く層にして塗っておきなさい。この簡単な予防ですでにできた皺が消え、肌を瑞々しいままに保ち、年月で容色が衰えてしまうのを防ぐらしいのです。愛するイヴよ、髪の毛の根元にオリーブオイルを塗ると白髪になるのを防ぐというのが〔中略〕ジェノバの修道女による発見であるのと同じように、この方法は、ある修道女によるものです。歳をとるとできる皺を防ぐものではありま

ドラジェ　アーモンドを色づけした糖衣で包んだお菓子。
カフェクレーム　コーヒーに熱くした牛乳を加えた飲み物。カフェ・オ・レと同義。

せんが、要は、さらに十年みずみずしさを与えるものということです。それに十歳若いというのは、たとえ今あるようにあなたがあまりに美しいとは言っても、侮れないものだと思います。

（「ハンスカ夫人への手紙」より）

彼はこのように礼儀正しく結んでいる。こうしたすべての関心が、彼の頭の中では、食べ物と美しさと豪華さと愛が結びついていることを示している。逆の例からも推論できる。彼は肉体的な愛を拒絶した女は飢えで死ぬようにしている。この章の最初で取り上げた『谷間の百合』にでてくる女性、美しい肩のアンリエット・ド・モルソフの話である。アンリエットという名前を選んだことは重要だ。なぜならその名は、バルザックに言い寄ることを許しはしたが「彼女が約束したものを渡すことは一度もなかった」カストリ公爵夫人のものであるからだ。

モルソフ夫人の夫は気難しく、病気でおそらく梅毒に冒されているのだが、彼女は艶やかであったり挑発的であったりするわけではない。彼女は高潔な女性で、信心深い。そうした性格は、必ずしも幸福をもたらすわけではない。自分の幸せにしても、他人の幸せにしても。若きフェリックスは舞踏会の夜から彼女を狂いそうなほどに愛している。モルソフ夫人はトゥーレーヌにあるクロッシュグルドの屋敷で、家族と一緒にこの青年を歓待する。あまりに大胆だった舞踏会のキスの話は黙認し、あの思い出にまだどれほど動揺しているか告げることを自らに禁じながら、

アンリエット・ド・モルソフ　モルソフ夫人。一九〇頁参照。

カストリ公爵夫人　バルザックの年上の愛人のひとり。「アンリエット」は、そのカストリ公爵夫人の名前。

彼女はフェリックスが私生活に入り込んでくることを許す。少しずつ、彼は身を落ち着け始める。怒りっぽい夫は手なずけられ、子どもたちはフェリックスのことが大好きだ。彼の存在は、美しいアンリエットの生活をより平穏なものにしていた。しかし彼女はフェリックスに年長の息子の役を強いているのであり、彼に対してあらゆる愛の言葉も、あらゆる愛の身振りも禁じていた。ただ花に託す言葉だけがフェリックスに許されたことで、彼はモルソフ夫人のために象徴でメッセージを伝える花束をつくる。「トゥーレーヌの万年草に特有の白い叢が、まるですべてを捧げる奴隷のように横たわり、かくあれと願う理想の漠然とした象徴になっており、〔中略〕その叢の上に、いまにも咲きそうな蕾に囲まれた一輪の赤いヒナゲシがそびえ、花粉のたえまない雨を見下ろしている」。花束が意味することを彼女はよく理解し、喜びながら受け取るのである。

フェリックスは彼女の意思に従う。つまり二人にはきわめて強い絆がありながら、はけ口がなく、そのことで絆が苦しみになるのである。ただ一度だけ、彼女は愛情をこめたふるまいをしていて、「ねぇ、あなた」と声での愛撫を向けている。ブドウの収穫の時期、興奮と豊饒の一時期のときの、「収穫祭のうれしいデザート」であった。屋敷は人や食べ物でいっぱいになっている。モルソフ家のように気前がよく、きちんとした家では、ケチなことはせず、収穫人に食事をふるまい、みなの気分をよくしている。娘たちは陽気でよく笑い、元気いっぱいの樽職人たちは何かにつけて歌を歌い、夜会は彼らにとって幸せなものになるはずである。フェリックスと子どもたちは宴で一緒になり、籠をみごとなブドウの房で一杯にしている。モルソフ夫人を感心させようと彼らは駆けていく。その時である。彼を子どものように扱いながら、「彼の首と髪の毛に手をやって〔中略〕、ねぇ、あなた汗びっしょりね、と言うのだった」。

しかしフェリックスには、彼女がそれ以上先に進まず、周囲の若者みなに熱気をあたえている愛情を刺激する雰囲気、つまり季節が移り変わる美しき最後の日々の「バッカス宴の興奮」が、彼女に触れることも許しはしないだろうと充分にわかっていた。そしてブドウが並んでいるところに戻ると、フェリックスは「外で仕事をすることの筆舌に尽くしがたい喜び」に身を任せ、いかに「規律ある仕事にたくさんの知恵が込められているか」を発見して「修道会の規則にある妥当性」を理解できたと明言する。とはいえ、おそらく理解はしただろうが、自分の中に取り入れることはなかった。

フェリックスはモロソフ家を出て行く。パリで職歴を積むために「天使」のもとを離れるのだ。パリで彼はきわめて気性の激しいイギリス女性のダッドレー夫人に出会う。「イギリス女は内気ではなく、イギリスの男たちが味覚を呼び覚ますために燃えるような薬味を欲するのと同じように、彼女は心の糧に胡椒や唐辛子を欲したのです」。「餌にする獲物を口にくわえて洞窟に運んできた雌獅子のように」、

ダッドレー夫人　イギリス貴族ダッドレー卿の妻で夫とパリに住んでいた。二人の息子がいるが、彼らはイギリスに残っている。フェリックス・ド・ヴァンドネスの愛人で、彼を教育しようとする。

ダッドレー夫人は若者の頭めがけて飛びかかる。彼は愛されるに任せ、新たな喜びを発見するが、これは女神アンリエット・ド・モロソフを否定することではないと、少なくとも男の純真さのなかでそう信じていた。

ところがバルザックの世界では、なにごとも知れわたる。母親がわざと口を滑らせたため、アンリエットはフェリックスとダッドレー夫人の関係を知り、目に見えて衰弱してしまう。フェリックスは彼女のところへ駆けつけ再会し、驚愕する。この小説の始まりにあったすばらしい果実のような女性が、「表面には傷があらわれはじめ、内側は虫が喰っているために普通より早く黄色くなってしまった果物のように」なっているのを見るのである。彼女の乾いた目には、顔に漂う黄色い色と同じく、不安を抱かせる輝きがあった。彼女はフェリックスを冷静に受け入れるが、ダッドレー夫人に関する動揺と気がかりを長い時間抑えることはできない。ダッドレー夫人は子どもと離れ、自分のすべてをフェリックスに与えるためには、社交界での慣例をものともしなかったのだ。アンリエットは彼女の大胆さを知り、「世界がひっくり返ったかに思え、彼女の考えは混乱してしまった。この偉大な愛欲にうたれ、幸福になるためには自己犠牲も許されるのではないかと思い、自分の肉体が反抗して叫び声をあげるのをみずからの内に聞き、自分の失われた人生を前にして呆然と立ち尽くした」。

新事実がそれに続く。アンリエットは純真さの中で、フェリックスは自分に忠実であり続け、「聖職者の美徳」と言うべきか、あるいは不幸なモルソフ氏と同じ美徳があるのだろうと想像していた。ところが夫は貞淑な妻がちっとも安らぎを与えてくれないので、夫婦の寝台から離れていたのだ。そうしたことを想像するには彼女はあまりに世間知らずだったのだと、モルソフ氏はフェリックスに怒り混じりに告げるのだった。

バルザックは、嫉妬するハンスカ夫人の批難に対して、「長く続く貞節は男を愚劣さへと連れていくのだ」と自己弁護していた。フェリックスがよりドラマチックなのは、彼が「栄養をとるのに必要な食料がなければ、心は心自体を食いつくし、死ぬところまではいかぬまでも、死の手前になるまで衰弱してしまいます。人間の本性がそう騙せるはずはありません」と明かすからだ。彼は意図せずに図星をついていた。フェリックスの人間としての本性は、荒々しく、しかも運命的な荒々しさで、再びアンリエットへ言い寄る権利を主張しだすことになる。

フェリックスはパリで国王ルイ十八世の側に再び仕える。数ヶ月が経ち、突如、モルソフ夫人が瀕死の状態だと知る。彼は休暇を願い出て、クロッシュグルドに急ぐ。屋敷へ向かう道中でひとりの医者に出会い、アンリエットについての知らせを聞く。「ひどい状態なんですよ。飢餓による衰弱です。空腹で死んでしまいます。四十日も前から胃が閉じてしまったように食べ物を受けつけないんです」。医者は、モルソフ夫人が悲しみで死ぬことはよくわかっていたが、その理由を見抜くことはできない。彼女の苦痛はモルソフ氏の理論を例証しているように思われる。モルソフ氏によれば、「われわれのすべての情愛は胃の中枢を叩く」。かつてそれを聞いたときのフェリックスはもっとも幸福な日々にあり、だとしたら「心臓が恋で震える者たちは、胃が原因で死ぬんですね」と笑いながら答えていたのであった。

事実、彼女が死んだのは、フェリックスが不実だったからというよりも、彼女が欲するものを見抜くことができず、禁止されたことに反することができなかったという激昂からであった。彼女は愛を強情に拒んだことで、人生の核心を逃してしまったということがわかって死ぬのである。バルザックはもっとも本能的でもっとも突然おそわれる飢えと渇きを、愛の喜びが剝奪されることと結びつけ、ずっと愛していた男との最後の対面の場面で、ひどい飢えに苦しんでいる瀕死のアンリエットに、こう言わせている。「わたしは生きたいのです。わたしは死ぬことなどできるのでしょうか。生きたことのない、このわたしが」。

そして開いている窓の向こう側に彼女はブドウを収穫するときのざわめきを聞き、彼女はこう叫ぶ。「フェリックス、ブドウを収穫する女たちが夕食に行きますわ。そして、わたし、主人であるわたしは……お腹がすいているの。愛にしたってそうだわ。彼女たちは幸福なのね」。

バルザックは食卓を文学に持ち込んだ。彼のさまざまな作品すべての中に食卓がある。一杯のコーヒーの値段、ウナギのパテで晴れる鬱蒼とした気分、ぼってりとした鯉から得られる慰めなどの余談や、テーブルウェアをちらっと見るだけで、さまざまな重要な手がかりが見てとれるのは、バルザック以前には考えられなかった。バルザックののち、フロベールやゾラ、モーパッサン、それからプルーストがそれぞれのやり方で小説の中に食事と美食術を組み入れることになる。ノルマンディー地方出身のフロベールは、恋の熱狂が湧きあがる中で、愛人のルイーズ・コレにこう書いている。「わたしはあなたをこれほど愛したことは一度としてありませんでした。わたしは魂にクリームの大洋を持っていたのです」。

エマ・ボヴァリーの結婚式の場面での農民の歓待や、ボヴァリー家での押しつぶされそうな倦怠、あるいは『感情教育』でアルヌー夫人の平穏とロザネットの動揺の対比を描くために、フロベールは食事を長々と利用している。モーパッサンは恋人たちの食事と農民の大宴会を描く達人である。ゾラは小説全体を食べ物のことに捧げ、食材の豊富さと美しさにうっとりしている。そしてプルーストは、一方でバルザックのように、ゲルマント公爵夫人であろうと、ヴェルデュラン夫人であろうと、オデット・スワンであろうと、あるいはまた語り手の母であろうと、彼女たちが食卓にかける心がけを描くことで、さまざまな女主人の人物像を完成させ、もう一方でバルベックのレストランに割かれているページでは、給仕の儀式的なおかしさを強調している。誰よりも巧みに、プルーストは詩的な一面を与えながらある種

ロザネット　アルヌー夫人に想いを寄せる主人公のフレデリックだが、アルヌー夫人との仲が進まず、社交界で会ったロザネットの愛人になる。しかし、ほどなく彼はパリの生活にもロザネットにも嫌気がさしてしまう。

ゲルマント公爵夫人　上流階級の中心的人物のひとり。

ヴェルデュラン夫人　サロンを開いているブルジョワ。

オデット・スワン　物語の語り手の初恋の相手ジルベルト・スワンの母親。

語り手の母　『失われた時を求めて』は語り手が記憶を再構成しながら語っていく形式をとっている小説。その緻密に組まれた構成は、「大聖堂」にもたとえられる。

の料理のことを語る。青と赤の筋が入った魚を見せられて、プルースト以外にいったい誰がその中に多色の大聖堂を見るだろうか。とはいえ、その大聖堂の扉を大きく開いたのは、バルザックなのであった。

訳者あとがき

一七八九年、フランス革命はルイ十六世の世を転覆させ、知識人や商工業者といったブルジョワが台頭する社会を準備した。この転換は街の様相を一変させ、人々の生活を一新し、「食」の在り方も変えることになった。王家や貴族の館に勤めていた料理人は、主人とともに国から逃れることを余儀なくされたか、さもなければ街に出てレストランを開店することになったのだ。革命期におこなわれたさまざまな既得権や規制の見直しは、飲食業界にあった既存のルールに関しても例外ではなく、館から街へと仕事場を移し、新しいシステムの中で店を開こうという野心をもった料理人や職人にとって追い風となっていた。

十九世紀を代表する作家のひとりバルザック（一七九九〜一八五〇）が生きたのは、まさに街の人々の食事風景が変化を遂げたこうした時代の直後だったのだ。歴史家であり伝記作家でもあるアンカ・ミュルシュタイン（Anka Muhlstein）は、こうしてバルザック本人と彼の小説に描かれている「食」に関心を寄せ、本書の原書となる *Garçon, un cent d'huîtres ! Balzac et la table* (Odile Jacob, Paris, 2010) を完成させた。

美食の街として名高いパリの街を歩いてみれば、そこかしこに立ち並ぶ趣あるレストランが目に入る。店の前に掲げられているメニューを前に、顔を近づけて料理の盛りつけと味を想像しつつ、店に入るか入るまいかを慎重に吟味している人たちの姿も珍しくない。私自身、あたかもバルザックの小説に登場するパリに出てきた田舎者よろしく、「ふむふむ」とメニューに釘づけになりながら店に入る前の楽しみを味わうことも多い。星つきレストランから雑多な雰囲気のビストロ、クレープ屋やサンドイッチ屋のようなスタンド、総菜屋など、フランスを訪れる楽しみのひとつである食事の魅力は尽きることがない。今なお多くの人々を惹きつけるフランスの食文化が花開いたのが、バルザックの時代だった。

原書を読んで興味深く思えたのは、ミュルシュタインが十九世紀に起きた食文化の変化と、バルザックの小説をはじめ、文学作品とを結びつけて語っているところであった。とはいえ、どんなものが食べられていたか、どんな調理がなされていたかが解説されるわけでもなければ、美味しそうな匂いがたちこめ、鮮やかで見た目の華やかな料理が並ぶ描写が書き抜かれているわけでもない。ミュルシュタインが解き明かすのは、パリで、田舎町で、食糧市場で、家庭で、宴会で、男女の駆け引きで、いかに食事が重要な役割を果たしていたのか、である。

ミュルシュタインの試みは、十九世紀に端を発する「食と人」とのつながりをバルザックの小説で例証し、同時に「食」という軸を設定することでバルザックの小説にスパイスを利かせ、バルザックの小説を手に取ってみたくなるように読者を刺激する。バルザックは〈人間喜劇〉を通してフランスの風俗に言及し、あらゆる階層の人々を描き出し、人々の日常の姿に迫った作家だ。彼の作品は、同一人物が別の作品に登場したり、またある人物が別の作品の登場人物と血縁関係にあったり、事件が結びついていたりと複雑にそれぞれの作品が絡み合い、壮大なスケールの世界をつくりだしている。ミュルシュタインはその壮大な世界にあらわれる食事風景から、バルザックが感じとっていた十九世紀の食の意味を探り、バルザックの小説世界の奥深さや楽しさを伝えてくれる。もちろん食事は生きる為に必要な栄養摂取の手段でもあり、人間の一日の生活リズムに深く関わっていることでもある。だがそれだけではなく、人間の内奥を垣間見せ、人間と人間のつながりを雄弁に語るものだとバルザックの小説を読むと気づくことになる。ミュルシュタインが注目した〈人間喜劇〉の「食」のおもしろさは、そこにあるだろう。

なお、本作品にはバルザックの小説および登場人物が多数引用されているが、登場人物同士の関係や彼らの置かれた状況が原書では記されていないことが多かった。また料理や食材に関しても日本ではなじみがないものも多数登場する。そこで、本書のおもしろさであるバルザックの作品の奥深さと料理に託された意味を読みやすくするため、訳註をつけることにした。註の作成にあたって、バルザックの作品および登場人物の理解においては、『バルザック「人間喜劇」セレクション』（鹿島茂・山田登世子・大矢タカヤス責任編集、全十三巻、別冊二、藤原書店）や東京創元社の『バルザック全集』を適宜参照している。また料理やレストランに関しては、『食のフランス事典』（日仏料理研究会編、白水社）を参照した。読者の方々の読む手助けになり、ミュルシュタインの作品の面白さを味わっていただければ、訳者として幸いに思う。

最後に、翻訳の機会を与えてくださり、丁寧な意見やアドバイスをくださった白水社編集部の菅家千珠さんと、翻訳にあたり数多くの質問に答えてくださったイヴァン・ロマノフさんには、この場を借りて感謝の言葉を述べたいと思う。

二〇一二年十二月

塩谷　祐人

訳者紹介
塩谷祐人（えんや まさと）
明治学院大学非常勤講師。明治学院大学大学院博士後期課程満期退学。パリ第七大学博士課程に留学。専門はフランス現代文学・亡命文学。翻訳書にピエール・リエナール他『王のパティシエ　ストレールが語るお菓子の歴史』（白水社）

バルザックと19世紀パリの食卓

二〇一三年一月一五日　印刷
二〇一三年二月一〇日　発行

著　者　アンカ・ミュルシュタイン
訳　者 © 塩　谷　祐　人
発行者　及　川　直　志
印刷所　株式会社　精　興　社
発行所　株式会社　白　水　社

東京都千代田区神田小川町三の二四
電話　営業部〇三（三二九一）七八一一
　　　編集部〇三（三二九一）七八二一
振替　〇〇一九〇-五-三三二二八
　　　郵便番号　一〇一-〇〇五二
http://www.hakusuisha.co.jp
乱丁・落丁本は、送料小社負担にてお取り替えいたします。

松岳社株式会社 青木製本所

ISBN978-4-560-08263-8

Printed in Japan

鹿島　茂 著

[新版] 馬車が買いたい！

19世紀小説に登場するパリの風俗・世相を豊富な資料を駆使して描いた鹿島氏の代表作。図版・レイアウトを一新し、未収録の新たな原稿を加えて新版で登場！　サントリー学芸賞受賞作。

鹿島　茂 著

モンマルトル風俗事典

19世紀、モンマルトルに花開いたカフェ、キャバレーの数々……そこに渦巻く人間模様を生き生きと再現。この一冊で、あの小説もあの絵画も、ひと味ちがった楽しみかたができる！

ピエール・リエナール、フランソワ・デュトゥ、クレール・オーゲル 著
大森由紀子 監修／塩谷祐人 訳

王のパティシエ

ストレールが語るお菓子の歴史

パリの老舗パティスリー「ストレール」に残る記録や史料をもとに、日記形式で綴るフランス菓子の歴史。革命前の街の息づかいとともに、甘く芳ばしい香りがただよう。レシピ67点。

ミシェル・ガル 著／金山富美 訳

味覚の巨匠　エスコフィエ

何千もの創作料理をあみだし、料理を芸術の域にまで高めた男、フランス料理の近代化への道を開き、偉大な料理人として、いまなお「世界中の料理長の師」と尊ばれる天才料理人の伝記。

アンドレ・ソレール 著／大澤　隆 訳

レストラン・サービスの哲学

メートル・ドテルという仕事

「メートル・ドテル」とはレストランにおけるサービスの責任者。経験豊かな著者が、この職種の歴史や精神、仕事としての醍醐味をわかりやすく紹介。食に関わる人たち必読の一冊。